D E A R + N O V E L

いつかお姫様が

久我有加
Arika KUGA

ディアプラス DEAR NOVEL 242 文庫 BUNKO

新書館ディアプラス文庫

S H I N S H O K A N

いつかお姫様が

目次

イラストレーション／山中ヒコ

いつかお姫様が

ビールも酒も飲めない。煙草《たばこ》も吸えない。盛《さか》り場《ば》で騒ぐわけにもいかない。

高校一年の男が失恋した友人を慰《なぐさ》める術《すべ》は、限られている。

「おい、梅野《うめの》。あんまり急いで食うな」

佐山開士《さやまかいし》は無心でハンバーガーを頬張《ほおば》るクラスメイト、梅野に声をかけた。梅野の前にはラージサイズのコーラ、同じくラージサイズのポテト、そしてハンバーガーがいくつか積まれている。

開士の隣に腰かけていた市村《いちむら》も、そおやぞ、と頷いた。

「ゆっくり食うた方がええ。体に悪い」

市村の言葉に、うんと一応は首を縦《たて》に振ったものの、梅野はハンバーガーを食べる速度を緩《ゆる》めない。ぽっちゃりとした体型を、生まれて初めてできた恋人好みのスマートな体型に変えるため、彼は今日まで、否《いな》、ほんの二時間ほど前に恋人にふられるまで、大好きなハンバーガーを断《た》っていたのだ。やけ食いに拍車《はくしゃ》がかかるわけである。

場所はファストフード店の奥にある、四人がけの狭い席。十月も終わりに近付き、肌寒くなってきた外とは対照的に暖かな店内は、帰宅途中の高校生の他、塾へ行く前に腹ごしらえをしようという小中学生で賑《にぎ》わっている。

しかし開士たち三人がいるテーブルは、梅野がもそもそとハンバーガーを咀嚼《そしゃく》する音以外にろくな会話はなかった。店内に流れている流行のＪポップがやけに大きく聞こえる。

本当なら、もっと賑やかにしてやった方がいいのだろう。バカ話でもして、暗い気分を吹き飛ばしてやった方がいいに決まっている。

そうできないのは、隣に腰かけている男——市村久則《ひさのり》のことを、開士がよく知らないからだ。初対面に近い奴と賑やかに話すて、けっこう難しいよな。

開士はちらと市村を見た。

百七十七センチある開士より、五センチほど背は低いが、細身ながらもバランスのとれた体つきだ。すっきり整った目鼻立ちと、それらを形作る象牙色《ぞうげいろ》の滑《なめ》らかな肌は、男の開士から見ても上品で優しげな印象である。染めているわけではなさそうなのにこげ茶色の髪が、柔らかな雰囲気に輪をかけている。そうした容貌《ようぼう》からくるイメージだろう、一部の女子生徒が彼を『王子』とこっそり呼んでいるのを聞いたことがある。

特別派手ではないが、それでもやはり目を引く外見なので、入学式のときから市村の存在は知っていた。もっとも開士だけではなく、同じ学年の者なら大抵《たいてい》、彼のことは知っているはずだ。

しかし市村とはクラスも部活動も、芸術の選択科目すらも異なるため、今日まで一度も口をきく機会がなかった。だから人となりはよく知らない。ただ、悪い噂は聞かないので、嫌な性格でないことは想像できる。

俺が市村について知ってることて、それぐらいや。

あ、あと梅野と同じ美術部ってことも知ってる。

正確には、一時間ほど前に知ったばかりである。


今日、木曜の授業が終わって一分も経《た》たない頃、梅野の携帯電話にメールが入った。

好きな人ができたから別れる。バイバイ。

そんなメールを一方的に送ってきたのは、梅野が夏頃から付き合い始めた恋人だった。仰《ぎょう》天《てん》した梅野は、すぐに恋人がいる教室、一年五組へと走った。

放課後の教室に既に恋人の姿はなく、彼女の友人だけが残っていた。息せき切っている梅野に、その友人はこう言ったという。

あのコ本気で別れる言うてたから。しつこうしたらストーカー行為で訴《うった》えるてよ。

突然別れを切り出された挙《あ》げ句《く》、早くもストーカー呼ばわりされ、梅野は茫《ぼう》然《ぜん》自《じ》失《しつ》の状態に陥《おちい》った。

そんな彼を二組の教室まで送ってきたのが、梅野と同じ美術部に所属している市村だったのだ。

開士はといえば、青い顔で飛び出していった梅野が気になり、彼が戻ってくるのを教室で待っていた。水泳部に属しているものの、秋冬は週に二回のトレーニングしかない部活である。今日も活動はなく、これといった予定もなかったため残っていたのだ。

そこへ、梅野を連れた市村が入ってきた。そして落ち込みが激しくて口もきけない梅野の代わりに、彼が事の次第を説明してくれた。

そおか、と眉を寄せた開士は、大変やったな、と続けようとした言葉を飲み込んだ。梅野とは中学からの付き合いである。おとなしく晩生《おくて》な彼が、初めてできた恋人の存在をどんなに喜んでいたか、開士は知っていた。だから安易な慰《なぐさ》めや励《はげ》ましは、逆に梅野を傷つけるかもしれないと思い、ただ黙って、がっくりと落ちた肩を数回叩くだけに留めた。

そんな開士を、市村はなぜかじっと見上げてきた。注視する視線を訝《いぶか》しく思って、何？と尋ねると、彼はハッとしたように目を見開いた。長い睫《まつげ》を従えた目でゆっくり瞬《まばた》きをしたかと思うと、ふいに笑みを浮かべた。端整で上品な容姿《ようし》に相応《ふさわ》しい、穏やかで優しい笑みだった。

佐山、時間あるんやったら、これから三人でハンバーガー食いに行けへんか？

笑みと同じ穏やかな口調で誘われ、開士は面食らった。なにしろ市村と口をきいたのは、そのときが初めてだったのだ。彼が自分の名前を知っていたこと自体が驚きだった。

一瞬、どう返事をしようかと迷ったが、市村がちらと梅野を見遣《みや》ったことに気付いて、行こう、と即座に答えた。失恋した梅野に、彼が大好きなハンバーガーを二人で奢《おご》ってやろうという市村の意図が感じられたからだ。どうやら市村は外見同様、優しい上に気もきく男らしい。

しかし共通の友人である梅野がまともに口をきけない状態で、初対面に近い開士を誘ったのは間違いだったようだ。

——沈黙が痛い。

開士はちらと市村を見た。

優しげな印象の双眸《そうぼう》は、ハンバーガーを黙々《もくもく》と頬張る梅野を見守っている。一見《いっけん》したところ気まずそうな様子はないが、長く続く沈黙に居心地の悪さを感じているのは、きっと彼も同じだろう。

このまま黙っててもしゃあない。

開士は自ら梅野に話しかけることにした。

「梅野、そない落ち込むな。俺も二週間ほど前に別れたばっかりや」

開士の言葉に、え、と梅野は声をあげた。目を丸くしてこちらを見つめてきた彼に、頷いてみせる。

「向こうが急に別れたいて言うてきてん」

ありのままを言うと、梅野はため息を落とした。

「かいっちゃんも大変なんや……」

かいっちゃん、というのは開士のアダナである。

「別れたんて、夏休み頃から付《つ》き合《お》うてた北高のコやんな。確か向こうからコクッてきたんやろ？」

心配そうな問いかけに苦笑して頷くと、そか、と梅野は眉を寄せた。自分も失恋して大変なのに、開士の失恋を気にかけるところが、いかにも彼らしい。

「自分からコクってきといて急に別れたいて、ひどいな」

「まあ、一方的に別れ話されたこと自体はそらないやろて思《おも》たけど、付《つ》き合《お》うてみんとわからんこともあるからな。俺の場合はどっちがひどいていうより、お互いさんや」

見栄でも意地でもなく、思っていることをそのまま口に出す。

別れた恋人をひどいと思わないのは、彼女が外見だけを見て告白してきたとわかっているからだ。

広い肩幅《かたはば》、長い腕、長い脚。それらを兼《か》ね備《そな》えた、スラリと伸びた八頭身《はっとうしん》。切れ長の双眸と隆《たか》い鼻筋という鋭角的《えいかくてき》なパーツで形作られた、色の浅黒い精悍《せいかん》な面立《おもだ》ち。男として恵まれた容姿であることは自覚している。

一方で、確かに外見は二枚目や。けど性格は二枚目半、というより三枚目寄り。友人たちからはそんな風に言われる。

性格知ったら、自分とは合わんて思うこともあるやろう。

告白された当時、ちょうど恋人も好きな人もいなかったので、付き合ってみることにしたもののの、開士も彼女とは合わないと感じていた。付き合い始めたばかりの頃はそうでもなかったが、互いが互いに慣れ始めた時期から、デートに二時間近く遅刻してきたり、混み合った電車の中で平然と化粧をしたり、ベビーカーを押した女性を押しのけてバスの座席を確保したりと、何かにつけてけじめがなく、思いやりがない行動が目立ってきていたのだ。

そういうの良うないでと注意すると、彼女は決まって不貞腐《ふてくさ》れ、不機嫌になった。

開士、全然優しいないから幻滅《げんめつ》した。

電話で別れ話をされたとき、怒った口調でそう言われて、開士は呆気《あっけ》にとられた。思わず、はあ？　と間抜けな声を出してしまったぐらいだ。

優しいとか優しいないとか、そういう問題やないやろ！

ツッコみかけたものの、どうにか我慢した。確かに彼女から見れば、自分は『恋人に対して優しくない男』だったと想像できたからだ。だから、そうか、わかった、とだけ応じた。

電話を切った後、一方的に悪し様《あしざま》に言われたことへの怒りは湧《わ》いたが、ショック自体はそれほどでもなかった。

世の中には、いろんな人間がおる。

怒りが収まった今はただ、しみじみとそう実感している。

「かいっちゃんは凄《すご》いなあ……」

ため息まじりに言われて、開士はきょとんとした。

「何やいきなり。凄いて何が」

「いろんなことあって辛《つら》かったやろうに、表に出さんかったやんか。僕、全然気付かんかった。ごめんな」

悄然《しょうぜん》として謝った梅野に、開士は慌てた。

「梅野が謝ることないやろ。それに俺なんか全然凄いことない。コクられて何となしに付《つ》き合《お》うただけやったからな。凄いのはおまえや、梅野」

「僕が？　何で？　みっともないぐらい落ち込んで、二人に気ぃ遣《つか》わせてんのに……」

梅野は開士と、先ほどから口を挟《はさ》むことなく黙ってやりとりと見守っている市村を、交互に見遣る。

いや、と開士は首を横に振り、真面目な口調で言った。

「一人の女のことそんだけ想えるて、凄いことや。俺はそういうの、男としてカッコエエと思うで」

口先の慰めではない。梅野の優しさと一途《いちず》さは、開士の尊敬するところだ。

「俺も凄い思うわ、梅野」

市村もゆっくりと口を開く。

「そんだけ想えるんは凄い。やろうと思ても、なかなかできることやない」

落ち着いた優しい声に、梅野は泣き笑いのような表情を浮かべた。

そんな彼に微笑んでみせた市村は、開士にも視線を向けた。髪と同じこげ茶色の澄んだ瞳が、まっすぐ見つめてくる。

「佐山も凄いけどな」

「え？　や、俺は別に」

「梅野とはベクトルがちゃうけど凄いで。そういうの、俺は好きや」

無理のない柔らかい口調で言って、市村はニッコリと笑った。

優しい笑みにつられ、開士も笑みを返す。

「そか？　そう思てもらえたら嬉しいわ」

褒《ほ》め言葉を素直に受け取ったのは、市村の口調に媚《こ》びやいやらしさが全く感じられなかったからだ。沈黙が続いたときはどうなることかと思ったが、もともと梅野を元気づけるためにこの店に誘ったのは市村である。思いやりがあることは間違いない。

それに、開士と梅野の会話に強引に割り込んでこなかったことや、今し方の穏やかな物言いから、彼がなかなか気持ちのいい男であることもわかった。

市村とは気が合いそうや。

好感を持ったことが伝わったのか、市村はもう一度ニッコリと笑う。

「佐山も何か頼め。俺が奢る」

「そおや、かいっちゃんも何か好きなもん食うて。僕も奢るから」

梅野が勢い込んで言う。

二人の気持ちが嬉しくて、開士は頬を緩めた。

「市村が俺にまで奢ったら、一人で二人分奢らなあかんやろ。梅野が俺に奢ったら、俺が梅野に奢る意味ないし」

せやけど、と梅野が眉を寄せるのに、ほんまにええって、と応じる。

「ていうかもう、奢るとか奢られるとかなしで、今から三人で好きなもん食うてワリカンとかどうや」

開士の提案に、今度は市村が笑う。

「それやったら俺だけ得することになるけど、ええんか？」

「得とかそんなん、どうでもええて。なあ梅野」

うん、と梅野は楽しげに頷いた。

「僕もワリカンがええ。かいっちゃんも市村も、好きなもん頼んできて」

「おう。そしたら行こか、市村」

明るい口調で言った梅野に内心で安堵《あんど》しながら、開士は財布を手に立ち上がった。ああと微笑んで、市村も立ち上がる。

カウンターへ向かいながら、開士は肩越しにちらと梅野を振り向いた。新たなハンバーガーの包みを開けている彼は笑顔だった。完全とまではいかないが、それなりに前向きになったようだ。

あれやったら一人にしといても大丈夫やな。

そう思って前を向くと、市村がこちらを見上げてきた。

「佐山、梅野と仲ええんやな」

「中学で二年間、クラスが同じやったからな」

答えてから、改めて市村を見下ろす。

——近くで見てもきれいな顔や。

あまり男を感じさせない、端整で繊細《せんさい》な面立ちだ。『王子』というアダナは伊達《だて》ではない。

外見だけやのうて、中身もええ奴みたいやし。

思いがけず気の合いそうな友人を見つけた嬉しさから、開士は彼に笑いかけた。

「ありがとうな、市村」

「何が？」

「俺一人やったら、梅野にハンバーガー奢るっちゅう発想は咄嗟《とっさ》に出てこんかったから」

先ほどからちらちらと視線を送ってきている女子中学生の二人づれの後ろに並びながら言うと、ああ、それな、と市村は応じた。

「一ヵ月ぐらい前、部活終わった後、皆でハンバーガー食いに行ってん。そんときに梅野が買《こ》うたん、コーヒーだけやったんや」

「コーラですらなかったんか……」

開士のつぶやきに、市村は苦笑した。どうやら彼も、ハンバーガーだけでなく、コーラも梅野の好物だと知っているらしい。

「何もそこまで我慢することないんちゃうかな思たから、印象に残ってたんや。せやからすぐにハンバーガーが思い浮かんだんやと思う」

そか、と開士は相づちを打った。そうまでして好物を我慢するほど、梅野は彼女が好きだったのだ。

辛いやろな……。

一言も発さずに黙々とハンバーガーを頬張っていた梅野を思い出して眉を寄せていると、佐山、と柔らかい声が呼んだ。

「また梅野と三人で遊ばへんか？　気心知れた佐山が一緒やったら、梅野の気もまぎれる思うねん。俺一人やったら、佐山みたいに明るい気分にはさしてやれんから」

市村はやはり穏やかな口調で提案する。ふられた梅野が、今日一日だけで浮上できるわけがないと、彼も考えているらしい。これからもフォローしてやろうというのだろう。

市村、ええ奴や。

ますます好感を持った開士は、大きく首を縦に振った。

「そらええな。休みの日だけやのうて、今日みたいな放課後でもええで。俺ちょうど今、部活ほとんどないし」

「ああ、佐山、水泳部やもんな」

あっさり言われて、え、と開士は思わず声をあげた。

「俺が水泳部て、よう知ってるな」

市村はニッコリと笑う。

「梅野に聞いたことあるから」

「ああ、そか」

開士が納得したそのとき、隣の列で会計を終えた男子高校生が、人ごみを避《よ》けきれずに躓《つまず》いた。彼が持っていたトレーの上にあった紙コップとハンバーガー、そしてポテトが宙を飛ぶ。

咄嗟に避けようとしたが、一瞬の出来事で間に合わない。

やべ、制服にかかる。

そう思うと同時に、コップと開士の間にスッと人影が入った。コップの中身と、ばらばらになったポテトが、その人物を直撃する。

ガシャン、と派手な音をたてて氷が床にぶちまけられた次の瞬間、周囲で悲鳴があがった。

「市村！」

自分にかわって飲み物を浴びた男の名を、思わず呼ぶ。

すると市村は、上着にかかった飲み物を払うこともせず、真っ先にこちらを振り向いた。

「佐山、大丈夫やったか？　かからんかったか？」

早口で問われて、うんと慌てて頷く。

「市村が庇《かば》てくれたから全然。大丈夫やないんはおまえや。びしょびしょやないか」

こちらも早口で言うと、ん？　と市村は首を傾《かし》げて己《おのれ》の制服を見下ろした。胸の辺りから袖《そで》にかけて、無残に茶色く染まった布地を目《ま》の当たりにしても、彼は平然とした態度を崩さない。

「別に熱いもんやなかったから平気や。佐山にかからんかったんやったらよかった」

落胆した様子も怒った様子もなく、心底ほっとしたように言って、市村は再びこちらを見上げた。そして優しく微笑む。

開士はまじまじと端整な顔を見下ろした。

どう見ても全然大丈夫やないやろ。

しかも俺にかからんかったんやったらよかったて……。

「すんません、ほんますんません」

どうにか転ぶのは免《まぬが》れた男子生徒がしきりと謝るのに、大丈夫です、と市村は笑顔で応じた。タオルを手に飛び出してきた店員にも、大丈夫ですから、と笑顔を向ける。落ち着いた態度で応対する彼を、前に並んでいた女子中学生はもちろんのこと、一部始終を見ていた周囲の女性たちがうっとり見つめている。

開士も例外ではなく、市村に見惚《みと》れてしまった。つい先ほどきれいだと感じた彼の端整な容姿を、今はカッコイイと感じる。

中身オトコマエやと、外見もごっつオトコマエに見えるんや。

――て、感心してる場合やない。

今更だったが、開士は焦ってポケットからハンカチを取り出した。

「ごめん、市村。俺がぼさっとしてたから」

肩の辺りに飛んでいた小さな飛沫《しぶき》を、謝りながら拭《ふ》き取る。飲み物はコーラだったようだ。甘い香りが鼻をつく。

店員から渡されたタオルで制服を拭《ぬぐ》っていた市村は、開士の手を押し戻した。

「そんなんせんでええて。ハンカチ汚れるやろ」

「汚れるて、おまえの制服のがよっぽど汚れてるやろが」

負けじと飛沫を拭き続けると、市村は小さく笑った。

「優しいな、佐山」

「はあ？　何言うてんねん。俺みたいの庇《かば》うて、おまえのがよっぽど優しいわ」

「俺は佐山やから庇《かぼ》たんや」

迷いのない口調で言われて、開士は反射的に手を止めた。見下ろした先にあった端整な顔に、優しい笑みが広がる。

「佐山が何とものうて、よかった」

刹那《せつな》、ドキ、と心臓が跳ねた。

わ、何やこれ。

跳ねただけでなく、じわりと胸の辺りが熱くなる。

市村が庇ってくれたのは、友人になったからだ。

それなのに、なぜこんな反応をしてしまうのか。

自分でもわからないまま、開士は市村の肩を無言で軽く叩いた。ありがとう、とか、ごめんな、と言おうとしたのだが、なぜか声が出てこなかったのだ。

しかし市村には、開士の気持ちがちゃんと伝わったらしい。柔らかな眼差しでこちらを見上げた彼は、さも嬉しそうに口許《くちもと》を綻《ほころ》ばせた。

昇降口《しょうこうぐち》に降り立った開士《かいし》は、顔をしかめて外の様子を窺《うかが》った。

昼頃から急に曇《くも》ってきた空は、放課後になっても一向《いっこう》に晴れる気配がない。今にも泣き出しそうな灰色の雲が、隙間《すきま》なく広がっている。

降ってくる前に早《は》よ帰ろ。

今日は傘《かさ》を持っていないのだ。

急いでスニーカーに履《は》き替《か》えながら、開士は正面にある一年五組の下駄箱《げたばこ》を何気《なにげ》なく見遣《みや》った。両目共に一・五ある視力は、ネームプレートに記された名前を正確に読み取る。

ひとつのネームプレートの上で、自然と目が留まった。

市村《いちむら》。

友人になったばかりの男の名前を見て、開士は昨日のことを改めて思い出した。

店とコーラをかけた男子高校生の両方から、クリーニング代として差し出された金を、市村は受け取らなかった。大丈夫ですから、とにこやかに応じたのみだ。後で事の次第を聞いた梅《うめ》野《の》も感心していた。

あのときの市村、めちゃめちゃかっこよかったな……。

「佐山《さやま》」

ふいに呼ばれて、わ！　と開士は大きな声をあげてしまった。

慌てて声がした方を振り向くと、そこにはたった今、脳裏《のうり》に思い浮かべていた市村久則《ひさのり》その人が立っていた。右手にスケッチブックを抱《かか》えているところを見ると、部活動の最中らしい。

こちらを見つめ、心配そうに問う。

「どないした、ぼうっとして」

「えっ。や！　何もない」

市村のことを考えていた気恥ずかしさから、開士はわざと明るい声で答えた。

「今から帰るとこやねん。市村はどっかに絵ぇ描きに行くんか？」

「そのつもりやってんけど、雨降りそうやからやめとこう思《おも》て」

わずかに眉を寄せて外を見遣った市村の制服の上着が、古ぼけていることに開士は気付いた。布地がくたびれているだけでなく、色も褪《あ》せている。サイズも少し大きいようだ。

「市村、その上着……」

「うん？　ああ、これか。従兄弟《いとこ》がここの卒業生でな、お下がりやねん」

体型に合わない上着を恥じる様子もなく、ニッコリと笑った市村に、開士は申し訳ない気持ちになった。

俺を庇《かば》わんかったら、市村が古い制服着ることもなかったのに。

「昨日はごめんな」

謝ると、市村は穏やかに微笑《ほほえ》む。

「佐山が謝ることないやろ。こっちこそ、変に気ぃ遣《つか》わしてごめん」

優しい口調に、開士は感心した。

ほんまにカッコエエな市村……。

古ぼけた上着を着ていても、彼自身は少しも色褪せない。それどころか、きれいな制服を着ていたときより、ずっとかっこよく見える。

「佐山、傘は？」

心配そうな問いかけに、開士は瞬《まばた》きをした。

いつのまにか市村に見惚《みと》れていたことに気付いて、慌てて視線をそらす。

「朝晴れてたから今日は持ってきてへんねん。降る前に早いとこ帰るわ。そしたらな」

恥ずかしさも手伝って素早く踵《きびす》を返そうとすると、佐山、と呼ばれた。

「何？」

「ちょっと待って」

足を止めた開士に微笑んでみせた市村は、廊下から昇降口に降りてきた。下駄箱の横の傘立てに歩み寄り、そこに差してあった濃紺《のうこん》の傘を、まるで剣でも抜くようにスラリと取り出す。

改めてこちらを向いた市村は、迷うことなく傘を開士に差し出した。

「これ使《つこ》て」

「え？　けど、これ市村の傘やろ。市村が濡れるやないか」

「俺、美術室に折りたたみを置き傘してるからな。せやから使《つこ》てくれて大丈夫や」

開士は差し出された傘と、優しい笑みを浮かべた市村を、交互に見下ろした。

押しつけがましくない。恩着せがましくもない。全てがごく自然だ。

ほんまにカッコエエな、市村……。

「そしたら借ります」

ぞんざいには扱《あつか》えなくて、開士はそっと傘を受け取った。

市村はおかしそうに笑う。

「何で敬語や」

「や、悪いなー思て」

「全然悪いことないやろ。もう一本傘持ってるんやから」

「そうやけど。助かるわ、ありがとう」

軽く頭を下げると、大袈裟《おおげさ》やな、と市村はまた笑う。端整な面立《おもだ》ちを彩《いろど》る笑みは、やはり穏やかな優しさに満ちていた。鈍色《にびいろ》の空のせいで辺りは暗いのに、彼の周りだけ柔らかな光が差しているかのようだ。

「佐山、明日何か予定あるか？」

覗《のぞ》き込《こ》むようにして問われ、ハッと我に返る。またしても市村に見惚れてしまっていた。

二回も男に見惚れるてどないやねん。

熱くなった頬をごまかす意味も込めて、いや、と首を横に振る。

「予定はない。暇や」

「そか。昨夜《ゆうべ》、親父が美術館のチケットもろてきてん。テーマ浮世絵なんやけど、もしよかったら行けへんか？」

思いもかけない誘いに、え、と開士は声をあげた。

「俺、浮世絵のことて全然わからんのやけど」

「俺も浮世絵て全然知らんで。けど浮世絵に限らんと絵ぇて、わかるとかわからんとかより、自分がええと思うかどうかやと思う」

緩やかに笑んでそこまで言った市村は、あ、でも、と困ったように眉を寄せる。

「佐山が興味ないいて言うんやったら、無理に誘うんは悪いな」

「や、それは全然！」

考えるより先に、開士は傘を持っていない方の手を大きく振った。正直、美術にあまり興味はないが、市村と出かけること自体は嫌ではない。というよりも、むしろ嬉しい。

「行く。行きたい」

勢い込んで言うと、市村はさも嬉しそうに笑った。

「そか。そしたら決まりな。梅野も喜ぶわ」

梅野の名を聞いた途端、開士はビシリと顔が固まるのを感じた。

……俺今、市村と二人だけで行く気満々になってた……。

なぜか、誘われたのは自分だけだと思い込んでいた。昨日、市村は三人で遊びに行こうと言っていたのに、梅野のことを思い出しもしなかった。

俺ってこんな薄情やったっけ？

友情をないがしろにしてしまった己《おのれ》に少なからずショックを受けている間に、市村は柔らかく言葉を紡《つむ》ぐ。

「待ち合わせの時間とかは後でメールするから」

「ああ、うん……」

茫然《ぼうぜん》としたまま頷く。携帯電話の番号もメールアドレスも、既に交換済みだ。

「佐山？　どないした」

開士が固まってしまっていることに気付いたらしく、市村が不思議そうに尋ねてくる。

我に返って市村を見下ろした開士は、彼が意外なほど近くにいることに気付いてうろたえた。

「何でも」

や！　と片手を大きく振る。

ない、と続けた語尾に、ザア、という激しい雨音が重なった。二人同時に外を見遣る。

景色が霞《かす》むほどの激しい降りだった。無数の雨粒《あまつぶ》の群れが、風に揺らぐレースのカーテンのようだ。グラウンドで練習をしていた運動部員の悲鳴と怒鳴《どな》り声が、遠くから聞こえてくる。

そうした外部の喧騒《けんそう》が、混乱しかかっていた思考にブレーキをかけてくれた。梅野のことが思い浮かばなかったのは恐らく、市村が梅野の名を最初に出さなかったからだろう。

けど反省せなあかん。

市村も大事な友人だが、梅野も大事なのだ。

冷静になる意味もこめて、ゴホン、と咳払《せきばら》いをした開士は、改めて市村に話しかけた。

「降ってきたな」

「ひどい降りやな。外出てんでよかった」

何となく二人、顔を見合わせる。

目が合うと、市村はなぜか整った眉を寄せた。

「かなり暗いけど、一人で帰れるか？」

「へ？　ああ、大丈夫や。帰れる」

妙なことを聞くと思いつつも、市村があまりに真剣だったので、まともに答えてしまう。開士は幼い子供でもなければ、女の子でもない。見た目、かなり立派《りっぱ》な男だ。一人で大丈夫に決まっている。

冗談に真剣に答えてしまった自分が恥ずかしくて、開士は笑い飛ばそうとした。が、見下ろした市村がどこまでも真面目な顔をしていたため、笑えなくなってしまう。

俺、マジで心配されてる……？

沈黙をどう誤解したのか、市村はひとつ、大きく頷いた。

「駅まで一緒に帰ろ。ちょっと待っててもらわなあかんけど、すぐ来るから」

「や、ええよそんなん。市村、部活あんねやろ」

また冗談か？　それとも本気か。

判断がつかないまま、一応笑って断る。

しかし市村は真剣な表情を崩さなかった。

「今日は絶対出なあかんわけやないねん。カバン取ってきたらすぐ帰れるから」

今にも美術室へ駆け出しそうな市村を、待て待て！　と開士は慌てて止めた。

「ほんまに一人で大丈夫や。暗いっちゅうてもまだ時間は早いし、傘貸してくれたから濡れんで済むし」

矢継《やつ》ぎ早《ばや》に言うと、そおか？　と市村は首を傾《かし》げる。まっすぐ見上げてくる二重《ふたえ》の双眸《そうぼう》には、気遣いがはっきりと映し出されていた。

本気で心配してくれてるんや。

そう悟《さと》った次の瞬間、ドキ、と心臓が鳴った。同時に、じわりと頰が熱くなる。

――うわ、何じゃこりゃ。何で赤《あか》なんねん。

「ほんまに一人で大丈夫か？　遠慮せんでええんやぞ」

「大丈夫大丈夫」

真っ赤になっているだろう頰をごまかすために、コクコクと張《は》り子《こ》の虎《とら》のように頷いてみせる。

すると市村は、心配そうにしながらもわずかに微笑んだ。

「そか。そしたら気ぃ付けて帰れよ」

内心の動揺から、うんうんうんうん、と開士は必要以上に多く頷いた。

何だかわからないが、これ以上市村と話していると、もっと顔が熱くなる気がする。

とにかく、離れな。

「傘ありがとうな。なるべく早《は》よう乾かして返すから」

じりじりと後退《あとずさ》りしながら言うと、市村は首を横に振った。

「そんなんいつでもええから。ほんま気ぃ付けてな」

「おう、わかった。そしたらな」

それだけ言って、開士は踵を返した。間を置かずに、気ぃ付けてな、と再び同じ言葉が追いかけてきて、肩越しに振り返る。

市村はまだ下駄箱の前に立っていた。周囲には誰もいないから、彼が開士を見送っていることは明白だ。

心臓が再び、ドキ、と跳ね上がる。

さっきから何やねん、赤なったりドキッとしたり。

市村に心配されるんがそんなに嬉しいか。

そら嬉しいやろ。市村はカッコエエ。

カッコエエから嬉しいて、その発想はおかしいぞ。

おかしいもへったくれもあるか、嬉しいもんは嬉しいんじゃ。

一人でボケとツッコミをくり返しつつ、開士は早足で屋根があるぎりぎりのところまで出た。そして借りたばかりの傘を開く。――滑《なめ》らかなカーブを描く太い骨。たっぷりと使われた、丈夫そうな濃紺の布。多少の風雨ではびくともしそうにない、力強くて大きな傘だ。

市村、傘までカッコエエ……。

我知らず、ほう、とつきそうになったため息を、開士は既《すんで》のところで飲み込んだ。

あかん。思考が完全におかしな方向に流れてる。

その流れを断ち切ろうと、開士は雨の中へ勢いよく足を踏み出した。途端に傘を打つ雨が、バラバラと派手な音をたてる。

不快感を覚えるほどの激しい降りなのに、濃紺の傘の下では、なぜか少しも気にならなかった。

翌日の土曜は、昨日の雨が嘘のように晴れ渡った。雲ひとつない青空から降《ふ》り注《そそ》ぐ日差しは暖かいが、それよりも乾いた風の冷たさの方が際立《きわだ》っている。季節は確実に晩秋へと移行したらしい。

やばかった。もうちょっとで遅刻するとこやった。

駅の駐輪場に自転車を停めながら、開士《かいし》は大きく息をついた。

寝坊したわけではない。朝はかなり早くに起きた。ただ、服を選ぶのにやたらと時間がかかってしまったのだ。以前に梅野《うめの》と二人で出かけたときはもちろんのこと、女の子とデートしたときでも、こんなに迷ったことはない。

これってやっぱり、市村《いちむら》が一緒やからかな……。

昨夜《ゆうべ》、市村からメールが送られてきた。そこには土曜の予定が書かれていただけでなく、雨の中を一人で帰った開士への気遣《きづか》いも書かれていた。

ちゃんと帰れたか？　あれから寒《さむ》なったけど、風邪とかひかんかったか？

市村の優しい声が聞こえてきそうなメールに、じわりと頬が火照《ほて》った。そんな己《おのれ》の反応が理解できなくて、何でやー！　と叫んで頭を抱《かか》えたところを、たまたま開け放しておいたドアの前を通りがかった三つ年上の姉に目撃され、何やってんのアンタ、と冷たい視線を浴びせられてしまった。

せやかて市村、いちいち全部カッコエエんやもんな……。

はあ、とため息を落としつつ駅の階段を上っていると、ポケットの中の携帯電話が鳴った。取り出した携帯の画面に出ていたのは、梅野の名前だ。

これから会うのに何やろ。

首を傾《かし》げながら通話ボタンを押す。

「もしもし」

『あ、かいっちゃん。僕』

「おう、どないした」

『あの、今日な、行かれへんようになってん』

遠慮がちに言った梅野に、え、と思わず声をあげる。

「どっか具合悪いんか？」

『や、そうやのうて。前に話した思うけど、僕が行ってる予備校で有名な講師が来はる特別講義があんねん』

「ああ、そう言うてたな」

申し訳なさそうな物言いに、開士は頷いた。美大への進学を希望している梅野は、美術系の予備校に通っているのだ。その予備校で毎土曜日、五回にわたって有名な講師が特別講義を行うという。申込者が多かったため、あらかじめ抽選《ちゅうせん》で受講生が決められたのだが、梅野は運悪く漏《も》れてしまったらしい。

『さっき急にキャンセルが出たて電話がかかってきて、午後からやし、都合ついたらどうぞて言われてん』

「そうなんや。よかったやないか」

改札口の前で立ち止まった開士は、自然と笑顔になった。抽選にはずれた梅野が、がっかりしていたことを覚えていたのだ。

「梅野、その講義めっちゃ受けたい言うてたやろ」

『そうなんやけど、今日、行かれへんようになってしもたから』

ああ、と開士は幾分《いくぶん》か間の抜けた声をあげた。

梅野が行かれへんてことは、俺と市村の二人だけになるってことか……。

そう考えただけで、なぜか胸の辺りが騒ぎ出した。にわかに落ち着かない気分になる。

『せっかく誘《さそ》てくれたのに、勝手言うてごめんな』

黙ってしまった開士が怒っているとでも思ったのか、梅野はしおしおと謝る。

我に返った開士は慌てて笑った。

「何も謝ることないやろ。こっちは気にせんとがんばってこい」

『うん、ありがとう』

やはり申し訳なさそうにしながら礼を言った梅野は、あ、とふいに声をあげた。

『ついさっき市村にも電話したら、もう電車に乗ってるみたいでつながらんかってん。せやから一応メール入れといたけど、市村にもごめんて伝えといてくれるか？』

「ああ、わかった、伝えとく。そしたらまた月曜にな」

電話を切った開士は、一抹《いちまつ》の不安を覚えた。

市村は梅野が行けなくなったと知ったらどうするだろう。親しくなって、まだ二日ほどしか経《た》っていないのだ。二人きりなら行くのをやめようと言うかもしれない。

もしそうやったら、かなり残念かも……。

せやかて俺は、市村と行きたい。

「や、別に深い意味と違《ちご》て。トモダチやし」

言い訳をする必要などないのに、言い訳めいたことをつぶやいて、開士は定期で改札を抜けた。そのままホームへと続く階段を下りる。

とにかく、市村はもう電車に乗っているのだ。ここまで来たからには、美術館へ行くにしろ行かないにしろ、彼と会って話す必要がある。

ホームへ降り立ったそのとき、ちょうど電車の到着を知らせるアナウンスが響いた。

――やばい。何か知らんけど物凄《ものすご》い緊張してきた。

ごくりと息を飲み込んでいると、電車がホームに入ってきた。土曜とあって、そこそこ混雑している。

降りる人がいなくなるのを待って電車に乗り込むと同時に、佐山《さやま》、と呼ばれた。

声がした方を振り返ると、座席に腰かけた市村が手をあげたのが見えた。ドキ、と心臓が鳴るのを感じつつ、同じく手をあげて応じる。

市村はジャケットにジーンズというごくシンプルな服装だった。窓から斜《なな》めに差し込む穏やかな陽光が彼の輪郭《りんかく》を照らし出しており、まるで柔らかい色彩で描かれた絵画のようだ。

制服もカッコエエけど、私服もごっつカッコエエ。

見惚《みと》れそうになる視線を無理やり剝《は》がし、開士はなるべく自然に市村の隣に腰かけた。変に意識してしまっては不審がられてしまう。

「市村、梅野のメール見たか？」

自《みずか》ら話しかけると、いや、と市村は首を横に振った。

「電源切ってるから見てへん。何かあったんか？」

「予備校の特別講義にキャンセルが出て、受けれることになったんやて。せやから今日は来れんようになってごめんて、めっちゃ謝ってた」

「ああ、前に梅野が受けたいて言うてた講義やな。そおか、受けれてよかったな」

一度はニッコリ笑ったものの、市村はふと眉を寄せた。

「そしたら今日は、佐山と俺だけってことか」

「……ああ、うん。せやな」

頷いた開士は、ドキ、とまた心臓が跳ねるのを感じた。市村の眉間にできた皺《しわ》から視線をはずし、うつむく。

行くんやめようとか言われるんやろか。

「佐山、俺と二人でもええか？」

遠慮がちに問われ、開士は思わず顔を上げた。

市村は、なぜか不安そうな表情でこちらを見つめていた。もっとも、端整な面立《おもだ》ちには、そんな表情すらも映《は》えるのだが。

「俺と二人は嫌か？」

その表情と同じ、どこか不安げな口調で尋ねた市村に、ぶんぶんと勢いよく頭を振る。

「全然嫌やない。市村こそ、嫌やないか？」

「全然嫌やない。そしたら二人で行こ」

嬉しそうな笑みを向けられ、うんと笑顔で頷く。前を向いた開士は、瞬《また》く間に緊張が解《と》けるのを感じた。かわりに全身を占拠《せんきょ》したのは、くすぐったいような、浮かれた気分だ。

「よかった。嫌や言われたらどうしようか思た」

安堵《あんど》のため息を落としつつ言うと、市村は微笑んだ。二重《ふたえ》の双眸《そうぼう》から優しい眼差《まなざ》しが向けられる。

「そんな心配してたんか？　俺が嫌て言うわけないやろ」

「けど市村、俺としゃべるようになってまだちょっとしか経ってへんやろ。梅野がおったらともかく、二人だけっちゅうのはどうかな思て」

「付き合いの時間の長さは、問題やない思うけどな。長いこと付き合《お》うてても合《あ》わん奴は合わんし、合う奴は合うやろ。俺は佐山と行けて嬉しい」

柔らかな声で紡《つむ》がれたまっすぐな言葉に、胸がじわりと熱くなった。ついでのように頬まで熱くなる。

わ、何やこれ。

焦《あせ》って視線をそらしたそのとき、ちょうど電車が駅に着いた。

大勢の人が乗り込んできて、あっという間に座席が埋まる。満員とまではいかないが、空《あ》いていたスペースに乗客が立ち並んだ。

「やっぱり土曜は多いな」

「今日は天気もええしな」

市村と他愛《たわい》ない会話をかわした開士は、人ごみの中に杖《つえ》をついた老齢の女性を見つけた。覚《おぼ》束《つか》ない足取りで座席を探しているが、空いているところは既にない。しかも皆が隙間なく手すりをつかんでいるせいで、女性がつかまるところがなかった。

あのままやったら危ない。

そう思った瞬間、電車が発車した。ゆっくりとした動きだったが、支えがない女性は大きくよろけ、隣にいた若い男に肩をぶつける。

「あ」

開士は思わず声をあげた。

イヤフォンで音楽を聴いていた男は、衝撃で初めて女性に気付いたようだ。しかし、すんませんと謝る彼女にさも迷惑そうに顔をしかめただけで、すぐ目をそらしてしまう。老女に近い場所にある優先座席に腰かけた中年の女性二人も、おしゃべりに夢中になっていて席を譲ろうとしない。

そこまで見届けた開士は、考えるより先に席を立ちかけた。しかし、市村に腕をつかまれて止められる。

「市村」

あそこにいる人に席を譲《ゆず》りたいのだと伝えるまでもなく、市村は頷いた。

「電車揺れるから危ない。俺が行く。佐山、ここに誰かが座らんようにしといてくれ」

早口で言ったかと思うと、市村はすぐに立ち上がった。人ごみをうまくすり抜け、老女に近付いてゆく。どうやら市村も、先ほどまでの光景を見ていたようだ。

市村が座っていた場所に置こうとジャケットを脱ぎかけた開士は、途中で思いとどまった。

空《あ》いた隣席に若い女性が腰かけるのを横目で見ながら、浅く座り直す。

どっちみち、あのおばあちゃんに席譲ったら二人とも座れへん。市村が立つんやったら俺も立とう。

市村が行った先を見遣《みや》ると、ちょうど彼が老女を連れて戻ってくるところだった。彼女がふらつかないように、しっかり腕を支えている。

市村、またごっつカッコエエな……。

見惚れている間に、二人は開士の前までやって来た。素早く立ち上がり、どうぞ、と空いた席を手で差し示す。

「えらいすんません」

礼を言った彼女は、そこにゆっくり腰を下ろした。

「ほんまおおきに、助かりました」

ペコリと頭を下げられ、いいえ、と開士は笑顔で応じた。隣に立った市村も、穏やかな笑みを返す。

よかった。これで怪我しはることない。

ほっと息を吐いていると、市村がわずかに眉を寄せてこちらを見上げてきた。

「座っててよかったのに」

「ええて。二十分ぐらい立ってたって、どうっちゅうことない」

小声で言葉をかわしながら、開士は頬が緩《ゆる》むのを感じた。

俺が行く、と立ち上がった市村の動作は無理がなく、ごく自然だった。彼が普段から特別なことと思わずに、困っている人を手助けしているとわかって何とも好もしい。

しかも電車揺れるから危ない、てな。

ヒールの高い靴を履《は》いた女性ならともかく、開士はスニーカーだ。それに市村より背が高く、体格もいい。

開士はちらと市村を見下ろした。整った横顔は、窓の方を向いている。涼しげな二重の双眸を飾る睫《まつげ》は長い。通った鼻筋がきれいだ。

外見だけやと、どう見ても俺より市村のが繊細《せんさい》やし危ないよな。

市村以外の男友達に同じように言われたなら、バカにしてんのか、と多少なりともムッとしたかもしれない。しかし不思議と腹は立たなかった。

「何や」

ふいに優しい声で問われて、開士はハッとした。

うわ、見すぎた。

否《いな》、正確には見惚れていた。

またか。俺は何回市村に見惚れたら気ぃ済むねん。

「や、何もない」

開士は慌てて視線をそらした。じわ、と頬が熱くなってくるのに、内心で焦る。

そんで何でまた赤《あか》なんねん！

すぐ横に立っている市村に気付かれてしまう。彼より背が高いので、うつむいても顔を隠せない。明後日《あさって》の方を向くのも不自然だ。

黙っているともっと赤くなってしまう気がして、開士は必死で言葉を探した。

「今日はほんまにええ天気やな。晴れてよかった」

咄嗟《とっさ》に出てきた言葉はそれだった。

さっきもこれ言うたっちゅうの。不自然や。ものっそい不自然や。

妙に明るい口調になってしまったこともあり、カーッと更に顔が熱くなる。

「ほんまやな、ええ天気や。晴れてよかった」

穏やかに応じてくれた市村を、開士はまともに見下ろしてしまった。市村もこちらをまっすぐ見上げてくる。

優しい笑みを向けられ、開士もつられてへらりと笑みを返した。

開士の顔が赤くなっていることに、市村は気付いたはずだ。しかし彼は何も言わず、ただ蕩《とろ》けるように甘い笑みを浮かべただけだった。

耳まで赤くなるのを感じつつ、開士はまた思った。

市村、めちゃめちゃカッコエエ……。


土曜の美術館は想像していた以上に大勢の人で賑《にぎ》わっていたが、若者より年配者の方が多かったせいか、落ち着いた雰囲気が漂《ただよ》っていた。

俺自身は、全然落ち着いてられんかったけどな……。

展示物を全て鑑賞し終え、出口へと続く広いエントランスへ出たところで、開士は大きく息を吐いた。

「疲れたか？」

落ち着いていられなかった原因である人物が、心配そうに声をかけてくる。

開士は慌てて両手を振った。

「や！　全然！　大丈夫、です」

隣を歩いていた市村は、大きく瞬《まばた》きをする。

「何で敬語や」

「や、何となく。ほら俺、こういうとこて学校の課外授業以外では来たことないから。ちょっと緊張してるんかも」

はは、と笑った開士に、市村は眉を寄せた。

「おもしろなかったか？」

「いや、それはまた別や。おもしろかった。て、おもしろいて表現してええんかわからんけど」

嘘ではない。本当のことだ。

前に市村が言っていた通り、彼も浮世絵のことはほとんど知らなかった。しかし二人並んで鑑賞し、これテレビで見たことあるとか、この絵はカッコエエとか、色が好きだとか、他愛《たわい》ないことを声を抑えてぽつぽつと話すのは、思いの外《ほか》楽しかった。

市村の声は小さくなると、常よりわずかに低くなる。その低い声を正確に聞き取ろうと無意識に顔を寄せた後、寄せすぎたと気付いて赤面し、視線をそらす、という行為を何度もくり返してしまった。

結局、浮世絵を鑑賞するんがおもしろかったていうより、市村と一緒におるんが楽しかっただけかも……。

「俺はおもしろかったでええと思うで。映画観《み》た後とか、本読んだ後もそういう風に言うやろ。それと同じや」

展示室にいたときよりも幾分か大きな声で言った市村は、嬉しそうに笑った。

「おもしろかってよかった。俺もおもしろかったから。佐山と一緒に観たからやな」

「そおか？　俺よりもっと美術に詳しい奴と観た方がおもろかったんちゃうか？」

冗談半分、本気半分で問うと、市村は首を横に振った。

「佐山とやからや。他の誰でもあかん」

真面目な口調に、ドキ、と心臓が跳ねる。

うわ、やばい。めっちゃ嬉しい。

見下ろした先で、市村はまたニッコリと微笑んだ。こげ茶色の瞳に映っているのは、眩《まぶ》しいような優しさだ。

見ていたいのに見ていられなくて視線をそらしつつも、もっと市村と話したくて、開士は明るい口調で言った。

「けど俺、ほんま美術系あかんねん。小学校んときの図画工作も中学んときの美術もごっつ苦手で、今も芸術は書道とってるし。普通の花瓶《かびん》描いただけやのに、謎の未確認飛行物体とか言われたことあるからな」

「そら独創性《どくそうせい》があって凄いやないか」

「独創性て、そんな上等なもんちゃうて。抽象画《ちゅうしょうが》とかやないんやぞ。普通の写生で花瓶が未確認飛行物体に見えたらあかんやろ」

「そおか？　俺はええと思うけどな。その絵、めっちゃ見てみたいわ」

楽しげに笑った市村は、お、とふいに声をあげた。

彼の視線を追うと、出口の近くにある売店コーナーに行き着く。画集や絵葉書等、様々なグッズが販売されているらしく、美術展を鑑賞したばかりの客が群《むら》がっていた。

「ちょっと待ってて」

言うなり、市村は売店の方へ早足で歩き出す。

その場に一人残された開士は、よろよろと壁に右手をついた。ジャケットの上から胸を押さえると、心臓が早い動きをしているのがわかる。

何やねんこのドキドキ。

初めてデートする女子かっちゅうの。

「女子て」

本格的な目眩《めまい》を感じて、開士は壁に背をもたせかけた。男で、市村よりかなり立派な体格の自分が、女の子の思考になってどうする。

「佐山」

柔らかく呼ぶ声に、開士はうつむけていた視線を上げた。

市村がこちらに向かって歩いてくる。美術館という場所柄、走ることはできないものの早足になっているのは、開士を待たせないためだろう。

もうほんまに、いちいちオトコマエや……。

「待たしてごめんな。はい、これ」

市村が差し出したのは、精算《せいさん》済みのシールが貼られたビニール袋に入った、携帯ストラップだった。浮世絵が印刷された小さな飾りがついている。

しかもその絵は開士が一目見て、カッコエエなあ、と感嘆《かんたん》の声をあげたものだった。大きな鯉《こい》と格闘《かくとう》する鬼若丸《おにわかまる》、後の武蔵坊弁慶《むさしぼうべんけい》を描いた絵だ。

「これやったら持って帰んのに邪魔にならんやろ」

優しい声で言われて、慌てて受け取る。

「ありがとう。いくらやった？」

カッコエエと言った絵を覚えられていたことが照れくさいような、恥ずかしいような気持ちになりながら財布を取り出そうとすると、ええよ、と止められた。

「金はいらん。そんな高いもんやないしな。これぐらい奢《おご》らして」

「これぐらいて、ここ入る分奢ってもろたやんか」

「それはたまたまチケットが手に入っただけや。俺が奢ったわけやない。せやから気にせんと取っといて」

至極《しごく》当然という市村の物言いに、筋が通ったことを言われているような気になりかける。けどやっぱり、市村にモノ買《こ》うてもらうんはおかしいやろ。

奢ってもらう謂《いわ》れがない。

「や、二重に奢ってもらうことになるから貰《もら》うわけにはいかん」

きっぱり言い切ると、市村は瞬きをした。

言い方が頑固《がんこ》すぎたかと焦ったが、彼はすぐにニッコリと笑みを浮かべる。

「そしたら俺にもストラップ買《こ》うてくれ。そしたらアイコやろ」

穏やかな物言いに、今度は開士が瞬きをした。

「アイコ？」

「うん。お互い同じもん買《か》うんやからアイコや」

「ああ、うん。せやな」

開士は頷いた。市村にも同じものを買うのなら、確かにおあいこだ。それならおかしくない。

——ほんまにおかしいないか？

開士は心の内で自問した。

やっぱり、何かおかしい気ぃする。

「そしたら行こか」

違和感を拭《ぬぐ》えずにいる開士の手を、市村がごく自然に捕《と》らえた。そのまま開士の手を引いて歩き出す。

「！」

ひんやりとした市村の指の感触に、ドキ、どころか、心臓が大きく跳ね上がった。慌てて唇を引き結んだのは、心臓が口から飛び出してしまいそうな気がしたからだ。

わ、これ、どないしたらええねん。

どないもこないも、高校一年にもなった男同士が手をつないでいるのはおかしい。人の目もあることだし、解《ほど》くべきだろう。

今すぐ振り払え。

そうは思うものの、市村の掌《てのひら》の中にある手は動かなかった。

市村の手が意外なほど大きく、指も長かったことは、振りほどけない理由にはなるまい。開士の手も、彼と同じぐらい大きいのだ。

要するに、俺が放したないんや。

——何でや——！

心の内で絶叫する。

市村が見惚れてしまうほどかっこいいことは確かだ。だからといって、男の自分が彼と手をつないでいたいと思うのは、どう考えてもおかしい。

どないなってしもたんや俺。

半《なか》ば呆然としていると、市村が足を止めた。

そこは、携帯ストラップが並べられた棚《たな》の前だった。二十代とおぼしき女性の二人づれがいたせいか、握ってきたときと同じように、さりげなく市村の手が離れる。

……何や、もう終わりか。

「!」

名残《なご》り惜《お》しさを感じる自分に頭をかきむしりたい衝動《しょうどう》に駆られたものの、開士はどうにか堪《こら》えた。先ほどの女性たちが、ちらちらとこちらを見ているのがわかったからだ。もしかすると、手をつないでいるところを見られていたのかもしれない。

これ以上、不審人物になるわけにはいかん。

「どれにしよかな」

意識して背筋を伸ばしていると、市村の穏やかな声が聞こえてきた。彼は女性たちの視線を気にする風もなく、身を屈《かが》めてストラップを選んでいる。

改めて市村の横に並び、開士も棚を見下ろした。売れ筋の商品なのか、種類が多い。

こん中から、俺がカッコエエて言うた絵のストラップを選んでくれたんか……。

買うのにそれほど時間はかかっていなかったから、すぐ見分けたのだろう。

手をつながれた時点で既に熱かった頬が、じわ、と更に温度を上げる。

うわ、どうしよう。めちゃめちゃ嬉しい。

「佐山、俺これにするわ」

ほどなくして市村が選んだのは、つい先ほど彼が開士に買ってくれたストラップと同じ柄の、色違いだった。

開士が青。市村が緑。デザインは全く同じ。色違いのおそろいだ。

開士はまたしても目眩を感じた。

何か、いろいろとマジでやばい……。


「開士、顔崩《くず》れてる」

風呂から上がり、水でも飲もうとキッチンに入ると、そこにいた姉にいきなり指摘された。

「顔崩れてるて何やねん」

眉を寄せて尋ねた開士を、姉は薄気味悪そうに見上げてくる。

「崩れてるから崩れてんねん。どんなええことあったか知らんけどにやけすぎや」

正面から鼻先を指さされた開士は、思わず瞬きをした。

「ええことあったてわかるか？」

「わかるわ。帰ってきてからずーっとにやにやしてるし、かと思たら急に赤なったり頭振ったりして、見てて怖いっちゅうの」

開士を指さしたまま、姉はずけずけと言う。

咄嗟に手で顔を覆《おお》った開士は、姉をにらみつけた。

「見てて、見んなや」

「見とうのうても目に入ってくるんじゃボケ」

容赦《ようしゃ》なく足を蹴《け》られ、いて、と開士は声をあげた。しかしやり返そうとしたときには既に遅く、姉の姿はキッチンから消えている。

「いったいなぁもう……」

蹴られた場所を撫《な》でつつも、ふ、と開士は笑った。

まあ、今日のところは許したるか。

なにしろすこぶる気分がいいのだ。

気を取り直して冷蔵庫からミネラルウォーターのペットボトルを取り出した開士は、それを手に自室へと向かった。スリッパをひっかけた足が軽い。おのずと鼻歌が漏《も》れる。

今日はほんまに楽しかった。

市村と話が合ったことはもちろんだが、彼が向けてくる優しさが、ひどく心地好《ここちよ》かった。

そろいのストラップを購入《こうにゅう》したことや、手をつないだことだけではない。美術館を出て昼食を食べに行った店でも、市村は先まわりしてドアを開けてくれた。そして人の出入りと共に冷たい外気《がいき》が入ってくるドアの近くには自分が座り、開士は奥の席に座らせた。道を歩くときは、車が通る道路側へまわった。混んでいて腰かけることができなかった帰りの電車の中では、疲れていないかと何度も気遣ってくれた。暗くなったから家まで送るとさえ言ってくれた。

あんまり真剣な言い方やったから、もうちょっとでうんて頷いてまうとこやった……。

大丈夫やからと断ると、市村は心配そうに眉を寄せたものの、そおか？　と引き下がってくれた。

気ぃ付けて帰れよ。

開士が電車を降りる直前にそう言った市村の端整な顔は、優しい笑みに彩《いろど》られていた。

市村のああいう態度て、どう考えても俺を特別に想《おも》てるやんな。

ひどくくすぐったい気分で二階の自室にたどり着いた開士は、羽でも生《は》えているかのような足取りで机に向かった。そこに置いてあった携帯電話を手にとる。ぶらさがっているのは、市村に買ってもらったストラップだ。

色違いのそろいて、カップルみたいや。

「カップルて！」

自分で自分の言葉に赤面していると、唐突に携帯電話が鳴った。わっと思わず声をあげる。画面に出ていたのは市村の名前で、開士は再び、わっと声をあげた。

市村が電話かけてきてくれた。

慌てて通話ボタンを押す。

「はい」

『佐山？　俺、市村』

携帯から耳に直接響いてきた柔らかな声に、胸が熱くなった。自然と頬が緩む。

「ああ、うん。今日はありがとう」

『こっちこそありがとう。めっちゃ楽しかった。今家か？』

うんと頷くと、そか、と市村は安心したように息をついた。

『ちゃんと帰れたんやな、よかった』

「そら自分の家やからな。ちゃんと帰れる」

笑って答えると、市村も笑った。しかしすぐに、電話の向こうの笑いの気配はかき消える。

『そうやけど、だいぶ暗かったから一人で大丈夫やったかな思て』

本気で心配していたとわかる物言いに、開士は一瞬、言葉につまった。昨日の雨の放課後と、全く同じ物言いだ。

これはどう考えても、単なる友達に対する態度ではない。

市村、やっぱり俺のこと特別に想てくれてるんや……。

「そんな気ぃ遣《つこ》てくれんかて大丈夫やて」

応じた声は、ドキドキと高鳴る心臓につられ、いつもより随分《ずいぶん》と弾《はず》んでしまった。

市村はといえば、あくまでも真剣に答える。

『最近物騒《ぶっそう》な事件が多いからな。やっぱりうちまで送ったらよかったて後悔してたんや。一人で帰らしてごめんな』

「や！　そんなん全然！　送ってくれんでええて言うたん俺やし」

市村に見えるはずがないのに大きく片手を振った開士は、頬が火照るのを感じた。

市村、かっこよすぎ……。

赤くなったりドキドキしたりという己の女の子のような反応など、この際どうでもよかった。

もはや、何でやねん！　とツッコむのもばかばかしい。それほどに、市村はかっこいい。

「てゆうか、暗かったかて俺男やから。女の子やあるまいし、心配してくれんで大丈夫や」

嬉しい気持ちをストレートに出すのは恥ずかしくて、冗談めかして言う。

すると、市村が小さく息を飲む音が聞こえてきた。それきりなぜか黙ってしまう。

今日一日一緒にいたが、彼がこんな風に沈黙したことはなかった。

どうしたんやろ。

「市村？」

呼ぶと、ああ、と彼は掠《かす》れた声で返事をした。軽く咳払いをしてから、既に聞き慣れた柔らかな声に戻る。

『ごめんな、邪魔して。そしたらまた月曜に学校で』

「うん。そしたらな」

応《こた》えた後、ゆっくりと通話を切る。

電話越しの声、美術館で絵ぇ観てたときの声に似てたな。

わずかに低くて、優しい響きのある声だった。

ごっつええ声や……。

我知らずため息を落とした拍子《ひょうし》に、携帯電話についているストラップが揺れた。

市村も色違いのストラップがついた携帯で話していたのだろうと思うと、ただでさえ緩んでいた頬がますます緩んだ。


月曜も土曜と同じく、朝からよく晴れた。気温は低いが、空気は乾いていて快《こころよ》い。

しかし休み明けとあって、登校する生徒たちは一様《いちよう》に気《け》だるげだ。学校へ向かう歩みは鈍《にぶ》い。

その中で、異様《いよう》に足取りの軽い男が二人。開士《かいし》と梅野《うめの》である。

「そっか、楽しかったんか。よかったなあ」

ニコニコと笑みを浮かべる梅野の肩を、開士は軽く叩いた。

「梅野も講義出れてよかったやないか」

「うん。ふられるし抽選《ちゅうせん》はずれるしで全然ええことない思《おも》てたけど、かいっちゃんと市村《いちむら》に良うしてもらえたし、講義にも出れたし、悪いことばっかりは続けへんな」

明るい口調で言った梅野に、失恋の暗い影はほとんどない。特別講義に出られたことが、よほど嬉しかったのだろう。打ち込めるものができたおかげで、かなり気が紛《まぎ》れたようだ。

よかった。もう大丈夫そうや。

ほっと息をついていると、梅野がこちらを見上げてきた。

「かいっちゃんも何かええことあった？」

「え？　や、別に。何でや」

「めっちゃ嬉しそうやから」

「そか？　これっちゅうて何もないけどな」

手で口許《くちもと》を覆《おお》うと、頬の緩《ゆる》みが掌《てのひら》に伝わってきた。

憂鬱《ゆううつ》なはずの月曜が少しも憂鬱でないのは、学校へ行けば市村に会えるからだ。

顔が見たい。声が聞きたい。そう願うあまり日曜だった昨日、生まれて初めて日曜が休日であることを恨《うら》んだ。庭に干した濃紺《のうこん》の傘《かさ》を眺め、早く明日にならないかともどかしく思った。

その傘は今、開士の右手にある。

とりあえず今日、傘返しに行くんを口実にして会いに行こう。

放っておくとスキップしそうになる足を、どうにか普通の歩みに抑《おさ》えていると、佐山《さやま》、梅野、と呼ぶ声が背後《はいご》から聞こえてきた。

昨日一日、ずっと聞きたいと思っていた声に、勢いよく振り向いてしまう。

すると当の市村が、軽い足取りで駆け寄ってきた。おはよう、と笑顔を向けると、彼もニッコリと笑う。

「おはよう」

柔らかく挨拶《あいさつ》をした市村は、道路側にいる開士ではなく、建物側にいる梅野の隣《となり》に並んだ。

え、と開士は心の内で声をあげた。

何で俺の隣やないねん。

一昨日《おととい》の雰囲気からすると、自分の隣に来るものと思っていたのだ。

開士の戸惑いを他所《よそ》に、梅野が市村に声をかける。

「おはよう、市村。土曜は勝手してごめんな」

「謝らんでええて言うたやろ。講義受けれてよかったやないか」

市村は穏やかに応じる。不機嫌な様子もなければ、怒っている様子もない。

けど何か、一昨日とは違う気ぃする。

知らず知らずのうちに市村を凝視《ぎょうし》していると、視線を感じたのだろう、こげ茶色の双眸《そうぼう》がこちらを見上げてきた。

「佐山、土曜はありがとうな」

優しい笑みを向けられて、開士も咄嗟《とっさ》に笑顔を作る。

「こっちこそ、ありがとう」

「楽しかったし、また遊びに行こう。あ、もちろん梅野もな」

開士からあっさり視線をそらした市村は、梅野にも笑顔を向けた。つい先ほど開士に向けた笑みと、寸分《すんぶん》変わらない笑みだ。

——やっぱり一昨日とは違う。

一昨日、市村がくれた笑みには、もっと蕩《とろ》けるような甘さがあった。それが今は少しも感じられない。

気のせいか？

梅野と談笑している市村に再び視線を送るが、今度はちらとも見返してこなかった。開士が見ているとわかっているはずなのに、涼しげな双眸は梅野に向けられたままだ。

「なあ、かいっちゃん」

急に梅野に話をふられ、開士は瞬《まばた》きした。

「え、何？」

「何や、聞いてへんかったんか？」

あきれたような物言いをしたものの、怒ることもなく梅野は話をしてくれる。

「こないだの物理の実験、五組はせんかったらしいで。せやからレポートもなかったんやて」

「え、マジで？　あのレポート大変やったのに」

正確な結果が出ていないと言われて、何度もやり直しをさせられたのだ。

「佐山もやり直しさせられたんか？」

市村に話しかけられ、普段ならありえない勢いで梅野から市村に視線を移す。

しかし市村は驚くことも動じることもなく、平然とこちらを見返してきた。

苦しいような、痛いような感覚が胸に湧《わ》く。歪《ゆが》みそうになる顔にどうにか笑みを貼り付けて、開士は頷いた。

「ああ……、うん。そうやねん。三回やり直しさせられた」

「三回もか。そら大変やったな」

柔らかな声で紡《つむ》がれたのは、ごく普通の返答だった。友達としては、当たり前のやりとりだ。

けど一昨日までは、こんなんと違《ちご》たやろ。

こちらが赤面するほど甘い笑みを浮かべ、優しく接してきた。手までつないだ。ただの友達に、あんな態度はとらないはずだ。

ズキ、と胸が痛んだその瞬間、スニーカーが道の段差にひっかかった。

「わっ、と」

数歩よろめいたものの、生来《せいらい》の運動神経の良さで転ばずに済む。

「大丈夫か、かいっちゃん」

真っ先に声をかけてきたのは、市村ではなく梅野だった。そのことに少なからずショックを受ける。

「大丈夫大丈夫」

ショックだけでなく決まり悪さも手伝って、むやみに明るく答えた開士は、市村をちらと見遣った。こちらを見ていた彼と目が合う。

「大丈夫か？　気ぃ付けや」

心配そうに眉を寄せているものの、市村の物言いはやはり友達としてのそれだった。

――勘違いなんかやない。

一昨日の市村と、今一緒に歩いている市村は明らかに違う。

何でや。

「次ー！　たらたらすんなー！」

ゴール地点にいる体育教師が手をあげたのを見て、開士は地面に両手をついた。横にいたクラスメイトも、スタート地点に手をつく。ゴールまでは二百メートルの距離だ。

ホイッスルの鋭《するど》い音が耳を打つと同時に、開士は駆け出した。

小学生のとき、スイミングクラブと陸上クラブに属していた。中学で水泳一本に絞《しぼ》ったため陸上とは縁遠くなったが、昔とった杵柄《きねづか》だ。一緒にスタートしたクラスメイトを置き去りにして、先にゴールする。

後方にいるまだ走っていない者たちと、前方にいた既に走り終えた者たちが、おおー、と一《いっ》斉《せい》に声をあげた。体育の授業は男女別だ。男ばかりなので、野太《のぶと》い声の塊《かたまり》になる。

「ええタイムやぞ、佐山」

機嫌よく声をかけてきた教師に続いて、友人たちも口々に言う。

「陸上部でもサッカー部でもないのに相変わらず速いなあ、やまっち」

「佐山は体力バカやから」

「無駄な能力やな」

「バカて言うなコラ」

すかさずツッコんだ開士の息は、確かにそれほど切れていない。毎日ではないとはいえ、地道にトレーニングを続けている成果だろう。

しかしクラスメイトたちとじゃれる気力はなく、はあ、と開士はため息を落とした。

俺は男ん中でも体力がある方や。背も高いし手も脚も長いし、靴のサイズもでかいし、ついでに言うと腹も割れてるし。

か弱いところも可愛らしいところも全くない。

せやから、市村に優しいされる方がおかしいんやけど。

今朝のやりとりを思い出し、開士は再びため息をついた。

そしたらな、と二組の教室の前で別れるまで、市村はとうとう一度も甘い笑みを浮かべることはなかった。包み込むような眼差しを向けてくることもなかった。最近親しくなった、ごく普通の友達として接してきた。

梅野がおったからやろか。

けど一回ぐらいはこう、一昨日みたいな優しい目で見てくれてもええ気がすんねんけど……。

あの目が急に見られなくなったのは、物足りない。それに寂しい。

そして何より辛《つら》い。

「………」

己《おのれ》の思考に、開士はがっくりと肩を落とした。

ここまでくると、女子ていうより乙女や……。

結局、今朝は傘を返しそびれてしまった。市村の態度の変化が気になって仕方なくて、すっかり忘れていたのだ。

乙女て！　とツッこむ気力もなく、何度目かわからないため息を落とした開士は、走り終えた者がたむろしている場所へのろのろと移動した。

「かいっちゃん、めっちゃ速かったな」

既にそこにいた梅野に声をかけられ、開士は彼の背中を叩いた。

「梅野、おまえだけや、そんな素直に俺を褒《ほ》めてくれる奴は」

「素直なんは梅野だけちゃうでー。もてる奴はええよなー」

梅野の横にいた別のクラスメイトの言葉に、何じゃそら、と眉を寄せる。すると彼も、何じゃそら、という風に眉を寄せた。

「気ぃ付いてへんのかい。見てみぃ、窓」

「窓？」

運動場に面した校舎を見上げると、窓からいくつか女子生徒の顔が見えた。

授業中であるにもかかわらず、黒板ではなくグラウンドの方を向いていたらしい。開士が見上げた瞬間、パッと一斉に顔が引っ込む。

「北高の女子経由で、おまえがカノジョと別れたて噂が広まっとるみたいやからな。次狙《ねろ》てるコ多いんとちゃうか？」

「え、そんな噂立ってんのか」

「立ちまくりや。知らんかったんか？」

友人の問いかけに、開士は苦笑して頷いた。

「当分カノジョはええんやけどなあ……」

ため息まじりにつぶやく。市村のことで頭がいっぱいで、カノジョどころではない。

すると、なにぃー！　と周囲にいた別のクラスメイトたちも声をあげた。数人がわらわらと寄ってくる。

「カノジョはええて何でやねん」

「どういうことや」

予想外に激しく、大勢に詰め寄られて、開士はたじたじとなりながら答えた。

「何でて、こないだふられて、ちょっと懲《こ》りたっちゅうか」

嘘ではないが、本当の理由でもないことを答えると、彼らは顔を見合わせる。

「ふられたんか」

「モテ男でもふられるんや」

「佐山、見た目はごっつオトコマエやけど、中身は三やもんな」

「ああ、どんだけ外見完璧でも中身がな」

「……おまえら、ナニゲに失礼やぞ」

どこか嬉しそうに好き勝手なことを言う級友たちをにらんでいると、ふいに強い視線を感じた。反射的に顔を上げる。

——市村や。

三階の真ん中辺りの教室の、窓際の席。顔の造作ははっきりとは判別できない距離だったが、そこから見ている人物が市村だとすぐにわかった。

まっすぐ向けられた視線に特別な熱を感じて、カッと頬が熱くなる。

わ、やばい。

開士は慌てて顔を伏せた。咄嗟に口許を覆った掌に、じわりと頬の熱が伝わってくる。女子生徒たちに見られていたとわかったときには何とも感じなかったのに、相手が市村だというだけで、既に耳まで熱い。

今の視線は、ただの友達に向けるもんやなかった。

そこに滲《にじ》んでいたのは甘い熱だった。それは、一昨日までの市村の態度に確かに存在したものだ。否、それよりもっと温度を上げているかもしれない。

萎《しぼ》んでいた気持ちが、瞬《また》く間に膨《ふく》らむ。

やっぱり、今朝のが勘違いやったんや。

「集合！」

全員が走り終えたらしく、教師が声を張りあげた。周囲で賑《にぎ》やかに話していたクラスメイトたちが、ぞろぞろと教師の方へ向かう。

知らず知らずのうちに笑顔になっていた開士は、踵《きびす》を返す前に再び市村を見上げた。

残念なことに、彼はもうこちらを見てはいなかった。黒板に向かっているようだ。

授業中やし、しゃあないか……。

なかなか市村から離れようとしない視線を、開士はどうにか引《ひ》き剝《は》がした。

今日は部活動がある日だが、始まる前に傘を返しに行こう。もともとさぼる部員が多いトレーニングだ。少しぐらい遅れたところで、先輩も怒らない。

「何してんねん佐山、早《は》よ来い」

教師に呼ばれて、はい、と慌てて返事をする。

駆け出した足は、ひどく軽かった。


芸術棟と呼ばれる建物の廊下を、開士はそっと歩いた。上の階から微《かす》かに聞こえてくるのは合唱部と演劇部の発声練習、そして吹奏楽部がパート練習をしている音だ。美術室がある一階には、物音も人の気配もない。

開士が美術室へ入るのは、今日が初めてだ。

何かめっちゃ緊張する。

傘の柄《え》を強く握りしめ、開士はぎくしゃくしながら歩を進めた。最初、梅野と一緒に来るつもりでいたが、間《ま》の悪いことに彼は日直だった。だからこうして一人で出向いたわけだ。

体育の授業中に感じた視線から、市村が自分を特別に思っていると確信を持てた。

しかし、今朝の彼の態度が、それで完全に気にならなくなったかといえば否である。

またああいう態度とられたら、かなりショックや……。

突き当たりにある美術室のドアは開いていた。絵の具の香りが漂《ただよ》ってくる。

入る勇気がなくて、開士は首だけを突っ込んで中を覗《のぞ》いた。

美術室は、想像していたよりずっと広かった。壁際にずらりと石膏像《せっこうぞう》が並んでいる。静かだ。

イーゼルがいくつか立った教室の後ろの方に、男子生徒が一人だけいた。

市村や。

他には誰もいない。

来たばかりなのか、市村はスケッチブックを広げようとしていたところだった。窓から差し込む秋の陽光が、彼の端整な容姿《ようし》を柔らかく照らし出している。

やっぱりカッコエエ……。

ぼうっと見惚《みと》れていると、唐突に市村がこちらを振り向いた。彼を見ていたのだから当然だが、バチリと目が合う。

「佐山？　どないしてん、こんなとこで」

驚いた風だったが、呼んだ声そのものは優しかった。

一昨日までの市村や。

嬉しいのと照れくさいのとで頰が火照《ほて》るのを感じつつ、開士は頭をかいた。

「や、あの、今朝傘返そう思てたのに忘れたから返しにきてん」

必要以上に明るく言って、開士は美術室へ足を踏み入れた。うつむき加減で市村がいる場所まで歩いてゆく。

「これ、ありがとう。助かった」

傘を差し出すと、市村はすぐに受け取ってくれた。

「わざわざ持ってきてくれたんか。俺が取りに行ったらよかったのに、ごめんな」

申し訳なさそうに謝る声には、甘やかすような響きがある。

よかった。やっぱり今朝のが気のせいやったんや。

ほっとして顔を上げると、また目が合った。

一秒か、二秒か。

互いに見つめ合った後、先に視線をそらしたのは市村の方だ。

「梅野は一緒やないんか?」

「うん。今日は日直で遅《おそ》なるて」

そか、と短く答えた市村は、視線をそらしたまま傘を机にたてかけた。そしてつい今し方まで手にしていたスケッチブックを開く。こちらを無視しているわけではない。拒絶されているわけでもない。整った面立《おもだ》ちに笑みを浮かべてもいる。

しかし市村の態度は、どことなく素《そ》っ気《け》なかった。一定の距離を置かれているのがわかって、ズキ、と胸が痛む。

今朝の市村に戻ってしもた。

先ほどまでの甘く親密な空気を取り戻したくて、開士は自《みずか》ら言葉を紡《つむ》いだ。

「他の部員は？」

「たぶんほとんど来《こ》んのとちゃうかな。文化祭終わってからさぼってる人多いねん」

「そうなんや」

肩にかけていたバッグを下ろしつつ、市村のスケッチブックを見遣《みや》る。

そこに描かれていたのは、ピンクがかった赤紫の花だった。華やかではないが、清楚《せいそ》な美しさに満ちている。

「きれいやな」

思わず言うと、市村は驚いたように開士を見た。

こっち見てくれた。

嬉しくて、スケッチブックを指さして問う。

「それ、コスモスか？」

「ああ、うん。そう。校長室の前の花壇《かだん》に咲いててん」

答えてくれた市村の声からは、幾分《いくぶん》か素っ気なさがとれていた。少しだが、纏《まと》う空気も和《やわ》らいだ気がする。

安堵しながら、開士は続けた。

「そういやうちの庭にも咲いてたわ」

「ガーデニングしてはるんか？」

「うん。オトンの趣味やねん」

「お母さんと違うんや」

「オトンやねん。休みの日になると、よう庭いじってる」

話しているうちに、どちらからともなく距離をつめていた。いつのまにか、市村の声にも甘い優しさが戻ってきている。ただ並んで話しているだけなのに、ひどく心地《ここち》好い。

「市村は梅野みたいに美大とか行かへんのか？」

淡い色彩のコスモスを見下ろして尋ねる。絵のことなど全くわからないが、市村らしい、穏やかできれいな絵だと思う。

しかし市村は首を横に振った。

「行くつもりはないな。絵ぇ描くんは趣味やから」

「そうなんか？　けど趣味でも絵ぇ描けるんてええよな。俺も描けたらよかった」

「絵ぇ描けんでも、佐山は他にいっぱいできることあるやろ。泳ぎも得意やし、足も速いし。きれいなフォームやったけど、陸上やってたんか？」

優しい問いかけに、ドキ、と心臓が鳴った。

やはり体育の授業を見られていたのだ。あのとき感じた視線の熱は本物だった。

「小学生んときにちょっとだけな」

「やっぱりそうか。体育祭んときも思たけど、遠目でもわかるぐらいきれいな走り方やもんな」

体育祭て……。

とうに終わった行事の名前を出されて、開士は瞬きをした。体育祭のときはまだ、市村とは一度も口をきいたことがなかったはずだ。

怪訝《けげん》に思って市村を見下ろすと、彼は柔かい笑みを浮かべた。

「陸上部でもないのにクラスリレーで何人か抜いたやろ。うちのクラスも佐山に抜かれてん」

「え、そうやったっけ？」

向けられる眼差しに蕩けるような甘さを感じて、ひどくくすぐったい気分になりつつ、開士は首を傾《かし》げた。

そおや、と市村は穏やかに頷く。

「覚えてへんのか？」

「あのときは次の奴にちょっとでもええ順位でバトン渡さなあかんて、必死やったから」

確かに三人ほど抜いたけれど、どのクラスを抜いたかまでは覚えていない。

「そういうの、佐山らしいな」

楽しげに笑う市村に、開士はわざと眉を寄せる。

「それは俺が単細胞ってことか？　まあよう言われるけど」

「単細胞ちゃう。まっすぐなんや。佐山のそういうとこ、俺は好きや」

好きや、という言葉が発せられると同時に、なぜか合唱部と演劇部の発声練習も、吹奏楽部のパート練習も、一斉にやんだ。市村のその言葉だけが、物音ひとつなくなった静かな空間に響く。

しん、と沈黙が落ちた。

どちらからともなく、ゆっくり顔が近付く。

――キスや。

不思議なほど抵抗はなかった。ごく自然に瞼《まぶた》が落ちる。

刹那《せつな》、パァン！　というトランペットの鋭《するど》い音が耳を突き刺した。

驚いて目を開けると、表情がわからないぐらい近くに市村の顔があった。唇と唇の距離は、ほんの数センチだ。少し顔を動かせば、間違いなく触れる距離である。

次の瞬間、弾《はじ》かれたように身を引いたのは市村だった。

「ごめん。冗談や、冗談」

甘い空気をなぎ払うように乾いた笑みを浮かべた市村を、開士はまじまじと見つめた。彼の突然の豹変《ひょうへん》に、咄嗟に言葉が出てこない。

黙っている開士をどう思ったのか、市村は早口で言葉を重ねる。

「本気でキスする思たんか？　するわけないやろ。男同士でそんなんキショイ。冗談にしても性質《たち》が悪かったな。ごめん」

それは確かに謝罪の言葉だったが、誠意は欠片《かけら》も感じられなかった。もちろん熱も感じられない。ごまかしと焦《あせ》りだけがそこにある。

——冗談？

茫然《ぼうぜん》としていた開士は、心の内だけで鸚鵡返《おうむがえ》しした。

俺とキスするんがキショイ？　本気やない？

つまり今までの市村の態度は全て、冗談だったということか。

すう、と血の気《け》が引いた。指の先まで氷のように冷たくなったかと思うと、今度は一瞬で全身が熱くなる。同時に、目の奥がぎりりと痛んで視界がぼやけた。

「どういうつもりや……」

尋ねた声は震えた。

開士から視線をはずし、窓の方を向いていた市村は、やはりごまかすように笑う。

「どうて、せやから冗談や。男同士やのにキスするておかしいやろ」

またしても軽く発せられた冗談という言葉に、胸の内にあった市村への想いが、煮えたぎるような激情へと変化する。一気にせり上がってきたそれを止めることができず、開士は思わず怒鳴《どな》った。

「そしたら今まで俺に優しいしたんも全部冗談か！」

市村が全身を強張《こわば》らせたのがわかったが、構っている余裕などない。

「散々《さんざん》優しいしといて今になって冗談ですて、おまえ、俺を何やと思てんねん！　バカにすんのも大概《たいがい》にせえ！」

声を限りに怒鳴った途端、涙がこぼれ落ちそうになった。いたたまれずに顔を背け、一目散《いちもくさん》に駆け出す。

「佐山！」

市村の声が追いかけてきたが、立ち止まらなかった。

美術室を出た後、どこをどう走ったのか、よく覚えていない。

ふと気が付いたときには、学校の最寄《もよ》りの駅にいた。そのまま帰ろうとしたが、定期が入ったバッグを美術室に置いてきてしまっていた。しかし到底《とうてい》取りに戻る気にはなれず、ポケットに入れておいた財布から小銭を出して電車に乗った。

市村から電話がかかってきたのは、ホームにいたときだ。画面に彼の名前が表示されているのを見た瞬間、ズキ、と胸が強く痛んだ。顔を歪めた開士は電話に出ず、すぐに電源そのものを切った。

話したくない。――話すことなんかない。

パチンと乱暴に携帯を折りたたむと同時に、市村とそろいの浮世絵のストラップが目に入った。また胸がひどく痛んで、携帯をポケットに突っ込んだ。

そうして電車に乗り、空《あ》いていた座席に腰かけたところで、今度は上履《うわば》きのままであることに気付いた。同時に部活をさぼってしまったことにも気付いた。

今頃気付くて間抜けや……。

しかしやはり学校へ戻る気にはなれず、そのまま電車に揺られた。

すぐには家へ帰らず、あてもなく歩きまわったのは、明らかに泣いたとわかる赤い目を、母や姉に見られたくなかったからだ。かしましい彼女らのことだ、そっとしておいてはくれないに決まっている。

口きくようになって五日しか経《た》ってへんのに、俺、市村のこと好きになってたんや……。

すっかり暗くなった道を、とぼとぼと歩きながら考える。日暮れと共に出てきた冷たい風が足元から這い上がってきて、体がすくむほど寒い。しかしそれ以上に、胸の奥が冷たく凍《こご》えていた。

しかも、かなり好きになってた。

でなければ冗談だという市村の言葉に、我を忘れるほど激昂《げっこう》したりはしないだろう。

特別優しくされるのがひどく嬉しかったことは確かだが、正直、市村を好きだという自覚はなかった。

気付いても、どうにもならんけどな……。

佐山、と呼ぶ声も、向けられる眼差しも、本当に優しかったと思う。自分の性別が男で、しかもかなり立派な体格をしていることを忘れてしまうぐらいに、市村は開士を大切に扱《あつか》った。

しかしそれらは全て、嘘だった。冗談だったのだ。

ごまかすように乾いた笑みを浮かべた市村の顔が脳裏《のうり》に浮かんで、キリ、とまた思い出したように胸が痛んだ。

あれがほんまの市村で、一昨日までの市村が嘘やったんや。

悔しいのか、惨《みじ》めなのか、悲しいのか。

どれともつかない感情に襲われて唇をかみしめる。

いつのまにか家まで数メートルの距離に来ていた開士は、門のすぐ横に立っている男に気付いた。男もこちらに気が付いたようだ。

——市村や。

「佐山！」

呼ばれて、咄嗟《とっさ》にまわれ右をしようとした足が止まった。

「佐山」

避《さ》けないでくれ、そこにいてくれ、とすがるようにもう一度呼ばれ、いよいよ逃げられなくなる。

棒立《ぼうだ》ちになっていると、市村が駆け寄ってきた。

開士の正面に立った彼は、勢いよく頭を下げる。

「ごめん」

昼間聞いた軽い謝罪とは正反対の、恐ろしいほど真剣な声音だった。

ズキ、とまた胸が痛んで、開士は制服の上からそこを押さえた。鋭い痛みが、まだ市村のことを好きだと思い知らせてくる。

どんなに謝られても、何事もなかったかのように友達として付き合うのは無理だ。

「……ほんまに悪かったて思うんやったら、もう俺に近付くな」

搾《しぼ》り出《だ》すように言って、横をすり抜けようとした瞬間、強く腕をつかまれた。

「待ってくれ。違う。違うんや」

一度も聞いたことがない、ひどく苦しそうな物言いだった。今し方の自分の声も苦しげだったが、市村の声はそれ以上だ。

驚いて市村を見下ろす。街灯のオレンジ色の光に照らされた端整な面立ちには、苦しそうなのを通り越して、必死な表情が浮かんでいた。

「冗談なんかやなかった。本気やった。俺は本気でおまえが好きなんや、佐山」

矢継《やつ》ぎ早《ばや》に言われて、開士は瞬きをした。市村が嘘をついていないことは、声に滲んだ熱と見上げてくる真摯《しんし》な眼差しから、痛いほど伝わってくる。

とはいえ、市村の言葉をすぐに信じる気には到底なれなかった。冗談や、と軽くいなした声が、今もはっきりと耳に残っている。

開士はきつく眉を寄せた。

「そしたら、何で昼間あんなこと言うたんや」

低く問うと、市村は一瞬、言葉につまった。うつむきかけた視線はしかし、強い意志を感じさせる動きで開士に返ってくる。

「俺がずるぅて、臆病《おくびょう》やったからや。そのせいで佐山を傷つけてしもた。あのときの俺の態度は、言い訳のしようもない。茶化《ちゃか》すようなこと言うて、ほんまに悪かった。ごめん」

再び頭を下げた市村を、開士はじっと見下ろした。市村が昼間の態度を悔《く》い、心から謝っているとわかるものの、今し方彼が言ったことの意味はさっぱりわからない。

臆病て、ずるいてどういうことや。

改めて市村を見遣った開士は、彼がバッグを二つ持っていることに気付いた。美術室に置き忘れた開士のバッグを、わざわざ持ってきてくれたらしい。住所は恐らく、梅野にでも聞いたのだろう。

ずっとうちの前で待ってたんやろか。

うつむいている顔をよく見ると、もともと色が白い市村の面《おもて》は青に近かった。形のいい唇も、すっかり色を失っている。彼が芯から冷え切っていることは一目瞭然《いちもくりょうぜん》だ。

「——市村、いつからここにおるんや」

「え？　……ああ、さあ」

開士の唐突な問いかけに、市村は瞬きをした。首を傾げて腕時計を見下ろす。

「一時間半ぐらいかな」

この寒いのに、そんなに待ってたんか……。

携帯がつながらない状態では、いつ開士が帰ってくるかわからなかったはずだ。それでも待っていた。

じん、と胸が熱くなる。

「こんなとこでしゃべってても寒いだけやし、中で話そ」

話しかけた声は、かなり落ち着いていた。

市村は恐る恐る顔を上げる。

「ええんか？」

「そのかわり、俺にわかるようにちゃんと説明してくれ」

真面目な口調で言うと、市村も真顔で頷いた。

「わかった、説明する。ありがとう佐山」

「……まだ全部信じたわけやないぞ」

「うん。けど、話聞く気になってくれてありがとう」

再び丁寧に礼を言った市村は、確かに一昨日までの彼だった。

またじんと胸が熱くなる。

無言で頷いてみせて、開士は玄関の門を開けた。


突然現れた美少年に好奇の視線を浴びせてくる母と姉に、邪魔すんなよと強く釘《くぎ》をさし、開士はその美少年、市村を伴《ともな》って自室に戻った。

お忙しい時間にお邪魔してすみません、と市村が頭を下げたことで、好感度が更に上がったらしい。まだ階下できゃあきゃあと騒ぐ声がしている。

「市村、オカンか姉ちゃんに俺が帰ってるか確かめへんかったんか？」

己の家族のはしゃぎように一抹《いちまつ》の恥ずかしさを感じながら問う。

「確かめたけど、インターフォン越しやったから」

苦笑して答えた市村に向かって、ん、と両手を差し出す。

市村がギクリと全身を強張らせたのがわかった。滑《なめ》らかなラインを描く頬も強張っている。落ち着いているように見えるが、内心はそうでもないらしい。

美術室で俺が怒鳴ったときも、こんな顔したっけ。

驚いたような、ひどいショックを受けたような、どうしていいかわからない子供の顔だ。

「カバン。持ってきてくれたんやろ。ありがとう」

できる限り穏やかに言うと、ああ、と市村はため息のような返事をした。そして抱《かか》えていたバッグをそっと差し出す。

受け取ったそれを机の上に置いた開士は、フローリングに敷いたラグに座るよう、市村を促した。素直に従った彼の正面に、開士も胡坐《あぐら》をかく。

二人とも腰を落ち着けたところで、市村が口を開いた。

「俺な、子供んときからかわいいコが好きやってん。せやから、かわいいコには優しいしてきた」

重々しく紡《つむ》がれた言葉に、開士は瞬きをした。男がかわいいコを好きなのは普通だ。深刻に打ち明けることではあるまい。

けど今の状況で話すってことは、昼間の態度と何か関係があるってことやんな。

とりあえず聞こうと決めて黙っていると、市村はゆっくりと続けた。

「ただ、俺が優しいすると相手は引いてまうんや」

「え、何で？」

開士は思わず尋ねた。市村のような男に優しくされて、引く理由がわからない。

すると市村は、大きく息を吐いた。そして覚悟を決めたように話し出す。

「俺がかわいいいて思うコは、世間一般から見たら、かっこええコらしいねん。しかも俺がかわいい思うん、皆男やから」

開士は再び瞬きをした。

そういや俺も男で、世間的には『かっこいい』て言われる容姿や。

今の話が本当だとすると、見た目が精悍《せいかん》で男らしいからこそ、市村の目にはかわいく映っていることになる。

そんで俺に優しかったんか……。

半分納得しつつも、半分は呆気《あっけ》にとられている開士に、市村は泣き笑いのような表情を浮かべた。

「小学校一年のとき、クラスにかわいいコがおったんや。今から考えると初恋やな。自分の感覚が人と違うことは薄々感じてたけど、まだそれがどういうことなんか、はっきりとは自覚してへんかった。せやからほんまに優しいしたんや。そしたら、あいつ気色悪いて言われて」

一度言葉を切った市村は、また息を吐いた。緊張の面持《おもも》ちから、彼が誰にも打ち明けたことのない話をしているのだとわかる。

「俺がかわいい思たコは、クラスでも人気のあるリーダー的なコやったから、一時期、クラス全員に避けられたりしてん」

「……それって、いじめとちゃうんか」

恐る恐る尋ねると、市村は苦笑した。開士に向けられていた視線が、枯葉《かれは》が散るように頼りなく床へ落ちる。

ただそれだけの仕種《しぐさ》で、ズキリと胸が痛んだ。

「そうかもな。ただ、そうなった原因は完全に俺にあるから何とも言えんのやけど。そんときに、自分がかわいい思うコにかわいいいて言うたり、優しいしたらあかんのやて思い知ってん」

男同士でそんなんキショイ。

美術室で聞いた言葉が思い出された。あれはもしかすると、市村が小学生のときにクラスメイトたちに投げつけられた言葉そのものだったのかもしれない。

「小二で転校してからは、自分の言動に気ぃ付けるようになった。せやからその後は、からかわれたり避けられたりしたことはない。けど、高校入って佐山に出会《でお》てしもた」

突然出てきた自分の名前に驚いて、開士は市村を見た。

しかし、市村の視線は床に落ちたままだった。開士の反応を見るのが怖いのかもしれない。

うつむき加減で続ける。

「入学式んとき、めちゃめちゃかわいいコがおってすぐ目についた。それが佐山やった。近付いたらあかんてわかってたから、ずっと遠くから見てた。見た目がかわいいんはもちろんやけど、まっすぐで明るうて、余計《よけい》に好きになった。梅野がときどき佐山のこと話してくれて、それ聞いて、もっと好きになった」

佐山、水泳部やもんな。

体育祭んときも思たけど、遠目でもわかるぐらいきれいな走り方やもんな。

市村に言われたことが、次々に甦《よみがえ》る。ずっと見ていたからこそ、自然に出た言葉だったのだろう。

「梅野が失恋したことがきっかけで、佐山と接点ができた。梅野には悪いけど、嬉しかった。最初はほんまに、ちょっと話せたらええて思たんや。けど実際話してみたら、佐山はやっぱりめちゃめちゃかわいいて、止められんくなってしもた」

開士は相づちを打つこともできず、市村の言葉をじっと聞いていた。

いつのまにか頬が熱くなっている。心臓もドキドキと早い鼓動《こどう》を打っていた。

何かさっきから、物凄《ものすご》い熱烈な告白されてる気ぃするんやけど……。

冗談でも揶揄《やゆ》でもなく、かわいいと真面目に褒《ほ》められることに、戸惑いがないといえば嘘になる。しかしそれ以上に、好きという言葉が天に昇るほど嬉しい。

当の市村には告白している自覚がないのか、どこまでも真剣な口調で続ける。

「俺が優しいしても、佐山は引かんかった。びっくりしたり戸惑うたりはしてるみたいやけど、嫌がらんと受け入れてくれた。そんなんは初めてでめっちゃ嬉しいて、舞い上がってしもて。余計にブレーキがかからんようになったんや」

「けど今日は……」

思わず言うと、市村はうつむいたまま頷いた。

「一昨日電話したとき、佐山、俺男やからって言うたやろ。女の子やないて。それ聞いて、調子に乗ってた自分に気付いた。このままやったらあかん、ブレーキかけなあかんて思たんや。俺は男や、何で女扱いすんねんて、何回か言われたことあるから」

「そんで、普通の友達扱いしたんや」

うん、と市村は力なく首を縦《たて》に振った。

「気色悪がられて嫌われるぐらいやったら、友達でええと思た。けどずっと片想いしてたんが口きけるようになって、好きな気持ちが強《つよ》なってたんやな。結局止められんくて、キスしそうになって……」

市村は慌てたのだ。

優しい態度だけならまだ、ごまかしがきく。

しかしキスをしてしまったら、友達ですらいられなくなる。かつてのクラスメイトと同じように、避けられるかもしれない。

だから冗談にしてしまおうとした。

「冗談なんかやなかった。本気やった。本気で佐山にキスしたかった。けど、それを言う勇気が俺にはなかったんや。全部俺の勝手や。俺が臆病やったからや。ほんまごめん」

苦しげに謝ったきり、市村は口を噤《つぐ》んだ。やはり顔を上げようとしない。

こげ茶色の髪に隠された彼の顔を、開士はじっと見つめた。

小学校んときのことが、かなり根深《ねぶか》う残ってんのやな……。

よほどショックで、よほど辛い出来事だったのだろう。

市村の過去を聞いても、嫌悪《けんお》は欠片もなかった。全てがかっこよく見えていた彼の、内心の葛藤《かっとう》と怯《おび》えを知っても、幻滅《げんめつ》もしない。逆に、葛藤し、怯えるほど想われていることに、叫びだしたいような喜びがこみ上げてくる。

更に心の片隅には、もやもやとした不快な気持ちが湧《わ》いていた。いまだに市村の心に影を落としている、初恋の相手が気に食わない。

「市村」

呼ぶと、彼の肩がわずかに揺れた。

「おまえの初恋の相手と俺、見た目似てるか？」

開士の問いかけが、予想していたものと違っていたらしい。市村は訝《いぶか》しげに顔を上げる。

「や……、向こうの顔はちっさい頃しか知らんから比較はできんけど、あんまり似てへんと思う。佐山のがずっとかわいい」

戸惑いながらもはっきりとした口調で答えた市村に、開士は赤面した。

ものごっつ真顔でカワイイ言われたでオイ……。

しかし今は照れている場合ではない。気を取り直して尋ねる。

「性格は似てるか？」

「それは全然似てへんな。向こうは佐山みたいに明るいことなかったし、関係ない周りにまで自分の言うこときかすような、強引で横暴《おうぼう》なとこがある奴やったから」

ふうん、と開士は頷いた。どうやら顔も性格も似ていないようだ。

それやったら話は早い。

不安げに見つめてくる市村を、まっすぐに見つめ返す。いったい何を言われるのかと、彼が息をつめたのがわかった。たまらない愛《いと》しさを感じつつ口を開く。

「俺は、市村を気色悪いて思たことはいっぺんもない。優しいされるんも、さっきおまえが言うた通り、びっくりしたり戸惑うたりはしたけど嬉しかった。おまえにひどいこと言うたり、したりした奴とは違う」

きっぱり言い切ると、市村の肩がまた揺れた。先ほどよりも大きな動きだったが、表情はぴくりとも動かない。

開士は大きく深呼吸した。

「市村は、カッコエエと思う。俺は、市村が好きや」

意を決しての告白だったが、市村はやはり反応しなかった。切れ長の双眸を見開き、ただじっと見つめてくる。

市村が何も言わないので、開士は急に不安になった。

俺が市村にこんな風にコクるんも、客観的に見たらかなりおかしいよな。

「……気色悪いか?」

恐る恐る尋ねると、市村はハッとしたように瞬きをした。刹那、不安の色で固められていた端整な面立ちに、輝くような喜びが広がる。

あからさまな変化に、開士は正直驚いた。

俺の告白で、市村はこんなになるんや。

それほどに好きなのだ。

そう思うと、体が芯《しん》から熱くなる。

——やばい。めちゃめちゃ嬉しい。

「気色悪いやなんて、そんな……」

歓喜がすぎて泣き出しそうにも見える顔で、市村は首を横に振った。

「全然気色悪いことない。嬉しい。ほんまに、嬉しい」

震える声で言って、市村はそっと距離をつめてきた。互いに触れることができる場所から、こげ茶色の瞳をまっすぐに向けてくる。

俺の顔も赤いやろけど、市村の顔も赤い。

色が白いので、彼の方が赤さが際立《きわだ》つ。本当に整った、繊細《せんさい》な面立ちなのだ。

「佐山」

呼んだ声は掠《かす》れていた。

「好き、て言うてもええか？」

どこまでも真剣な問いかけに、ただでさえ熱かった頬が、カッと更に火照る。

何ちゅうことを真顔で聞くねん！

「……さっきから何回も言うてるやないか」

ぼそぼそと言い返すと、市村はうんと応じる。

「言うたけど、どさくさやったから。ちゃんと告白したいねん」

かき口説《くど》く口調に、開士は耳まで赤くなった。

改めて言われるとめちゃめちゃ恥ずかしい……。

羞恥《しゅうち》のあまり黙り込むと、市村は思いつめたような目で見上げてきた。許しを得られるまで、いつまででも待つつもりでいるとわかる眼差しだ。

根負《こんま》けした気分で、開士は小さく頷いた。

するとと市村は、さも嬉しげに微笑んだ。自分を落ち着かせるためか、ゆっくり息を吸い、吐く。

「好きや、佐山」

やがて聞こえてきたのは、囁きに近い告白だった。

掠れた声だったが、言葉に滲んだ市村の真剣な想いは充分伝わってくる。

「……俺も」

照れくさくて小さな声で応じると、市村は整った白い歯を見せた。愛しくてたまらない、という甘い視線で開士を包み込み、顔を近付けてくる。

――キスや。

おのずと瞼を落とすと同時に、唇に柔らかな感触が触れた。美術室で触《ふ》れ損《そこ》ねた分を取り戻そうとするかのように、市村の唇は開士の唇を丁寧になぞる。

ゆっくり離れたそれに名残《なご》り惜《お》しさを感じながら目を開けると、思いの外《ほか》近い距離に市村の顔があった。端整な面立ちに浮かんだ蕩けるような甘い笑みに、目を奪われる。

ああ、やっぱり市村はカッコエエ。

見惚れていると、市村に両の腕をつかまれた。刹那、強い力で引き寄せられ、ぎゅっと抱きしめられる。

「……好きや」

開士に聞かせるためではなく、愛しさのあまり自然とこぼれ落ちたとわかる熱っぽい告白に、これ以上ないほど胸が高鳴った。高鳴りすぎて痛くて、俺も、と返そうとしたものの、声がうまく出ない。

返事をするかわりに、開士は市村の背中に腕をまわした。そして彼が抱きしめてくれているのと同じ強さで、ぎゅっと抱きしめ返した。

昨日、緊張と不安を抱《かか》えて歩いた芸術棟の廊下を、開士《かいし》は軽い足取りで進んでいた。放課後であるにもかかわらず、昨日と同様、人影はない。おかげで緩《ゆる》んだ頰を隠さずに済む。

美術室のドアにたどり着く前に、スケッチブックを脇《わき》に抱《かか》えた市村《いちむら》が出てきた。すぐ開士に気付いて、パッと顔を輝かせる。その顔を見て、開士の頰は一段と緩んだ。

「昇降口《しょうこうぐち》で待っててくれてよかったのに」

駆け寄ってきた市村に開口一番言われて、開士は首を傾《かし》げた。

「待ってても暇やったから」

これは嘘だ。昇降口で待ち合わせていたのに、わざわざ美術室まで出向いたのは、一刻《いっこく》も早く市村に会いたかったからである。

明日もスケッチをするという市村に付き合うことを決めたのは、昨日のことだ。

夕飯食べていき、と市村にまとわりつく母と姉を追い払い、門のところまで送ると、何を思ったのか、彼はじっとこちらを見上げてきた。穴があくほど見つめられ、恥ずかしさのあまり、何？　と尋ねると、市村は眉を寄せた。

嘘やないよな？

嘘て何が。

佐山《さやま》が、俺を好きなこと。

おずおずと言った市村に、開士はきょとんとした。目の前にいる男が本当に不安になっているとわかって、薄い色の唇に二度目のキスをしたい衝動にかられながら、大きく頷いてみせた。

嘘やない。

明日になったら、気が変わるとか。

変わらへん。大丈夫や。

ほんまに？

ほんまや、とくり返しても尚《なお》、市村は信じられない、という顔のままだった。だから提案したのだ。明日学校でデートしよう、と。

「どこ行く？　校長室の前の花壇《かだん》か？」

並んで歩き出しながら尋ねると、いや、と市村は首を横に振った。

「今日は風がきついからやめとく」

「スケッチて、風がきついとやりにくいんか？」

「それは大丈夫やけど、佐山が寒いとあかんから」

当然のように言った市村に、開士は笑ってしまった。おかしくて笑ったわけではない。嬉しくて笑ったのだ。

市村にもそのことは伝わったらしい。照れたように微笑む。

「上着着てるから大丈夫やけどな」

「けど寒いのは寒いやろ。風があたらんとこ行こう」

甘やかす口調に、うんと素直に頷く。互いの気持ちを確かめ合ったからだろう、彼の優し態度は、よりあけすけになったようだ。

開士はちらと市村を見下ろした。整った柔和《にゅうわ》な横顔はひどく嬉しそうだ。自然と上がった角《かく》に、心の内が表れている。

ほんまはずっと、こういう風にしたかったんやろな。

かわいいと思うものをかわいいと言えず、優しくもできないのは、彼にとってかなり辛《つら》いとだったのだろう。

芸術棟を出ると、風が吹きつけてきた。確かに今日は風が強いが、日差しがあるので、そほど寒くはない。

しかし市村は、すかさず風上にまわった。

「寒《さむ》ないか？」

「平気や」

そんな短いやりとりの中にも、蜜《みつ》のような甘さがある。

うわ、恥ずかしいな俺ら。付き合いたてのカップルかっちゅうの。

……ああ、ほんまに付き合いたてのカップルやった。

一人赤面していると、隣《となり》を歩いていた市村が小さく息を吐いた。

「嘘やなかってよかった」

「まだそんなこと言うてんのか。昨日、嘘やないて何回も言うたやろ」

開士の明るい口調に、しかし市村は真面目に答える。

「自分は一生、かわいい思《おも》たコに、かわいいて言えることはないかもしれん思てたからな。昨夜も嘘かもしれん思たら寝れんかった」

「そんなに気になったんやったら、電話かメールくれたらよかったのに」

「夜中にか？　そんな迷惑かけられん」

「どうでもええ用事やったらともかく、寝れんぐらい真剣に悩んでること話すんやろ。全然迷惑ちゃううで」

むしろ信頼されている証《あかし》のようで嬉しい。

本心を言っただけだったが、市村は一瞬、言葉につまった。どうしたのかと思って見下ろすと、端整な面立《おもだ》ちに苦笑を浮かべる。

「優しいしたいのに優しいされるて、情けないな」

「全然情けないことないやろ。俺も寝れんほど悩むことあったら市村に電話するし」

一度言葉を切った開士は、市村から視線をそらして明後日《あさって》の方角を向いた。今から自分が言おうとしていることが恥ずかしくて、彼を見ていられなかったのだ。

「恋人なんやから、お互いさんや」

うわー、言うた！

内心で自分にツッこんでいると、佐山、と震える声で呼ばれた。恋人という言葉は、開士が想像していた以上に市村を感激させたらしい。

ちらと市村を盗み見ると、彼は眩《まぶ》しげに目を細めてこちちらを見上げていた。

かわいいなあ、とか思てんのやろか。

その感覚はかなり変わっているとは思うけれど、少しも嫌ではない。

「電話、してもええやろ？」

赤い頬を隠すために再びそっぽを向いて尋ねると、市村が嬉しそうに笑う気配がする。

ああ、もちろん、と迷うことなく返事をした彼は、力強い口調で続けた。

「夜中でもいつでも電話くれ。会いたい言うてくれたら、どこにおってもすぐに飛んでくから」

白雪王子

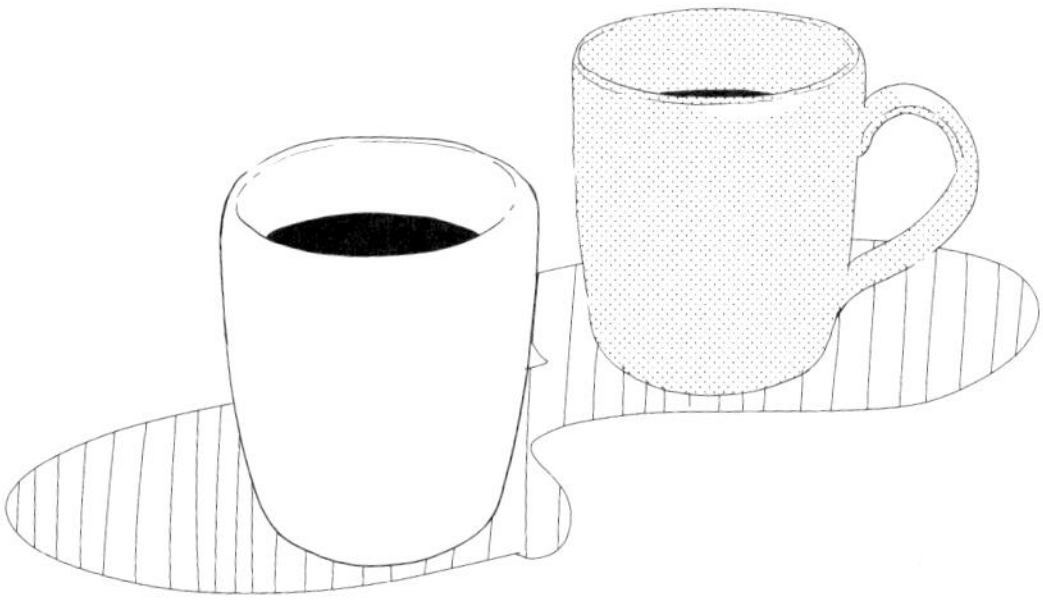

トレーに並べた二つのマグカップを前に、佐山開士《さやまかいし》は頬が緩《ゆる》むのを感じた。

カップから漂《ただよ》うコーヒーの香りに癒《いや》されたわけではない。青のマグカップの横に並べた緑のマグカップの存在が、自然と笑顔にさせたのだ。キッチンに自分一人しかいないことを幸いに、頬だけでなく、顔全体を緩め放題に緩める。

緑のマグカップは、二階の自室でコーヒーを待っている開士の恋人、市村久則《いちむらひさのり》のものだ。頻《ひん》繁《ぱん》に遊びに来る彼のために専用のカップを用意したのは、もちろん開士である。

ちゅうても、最近は来てへんかったけど。

直接顔を見るのは、実に三日ぶりだ。

明日、一緒に勉強したいから佐山んちに行ってもええか？

市村からそう電話がかかってきたのは、昨日の夕刻である。高校三年の冬、二月も半《なか》ばとなり、大学受験に備えて自宅での学習が主になっている。学校で会えなくなった分、メールのやりとりは欠かさなかったが、声を聞けたのは嬉しかった。それにもともと、こちらから連絡しようと思っていたところだったのだ。

なんちゅうても今日はバレンタインデーやし！

トレーを手にキッチンを後にした開士は、緩みきっていた頬を、更に緩めた。

市村に渡すチョコレートはクローゼットにしまってある。受験勉強で忙しかったため、じっくり選んでいる時間はなかったが、それでも彼のために用意した。市村の喜ぶ顔を思い浮かべれば、女性であふれかえるデパートの特設売り場へ赴《おもむ》くことなど、少しも苦にならなかった。待ってるからぜひとも来てくれ！　と勇《いさ》んで応じると、携帯電話の向こうからほっとしたようなため息が聞こえてきた。

よかった。

よかったて何が？

佐山が待ってるて言うてくれて。佐山の顔が見たかったから、めっちゃ嬉しい。

優しい声を思い出しただけで愛《いと》しさが込み上げてきて、我知らず肩が揺れた。

「うお！」

マグカップが倒れそうになり、慌てて階段を上る足を止める。ぐらぐらと揺れるカップをどうにか安定させ、ふう、と安堵《あんど》の息を吐く。

何で市村はあんなにいちいちカッコエエんやろな！

付き合って二年になるというのに、少しも変わることなく開士を大事にしてくれる。そう、彼の態度は今も、か弱い姫君を守る、凛々《りり》しく優しい王子様のようだ。

まあ俺には、姫みたいなか弱さは欠片《かけら》もないけどな……。

百八十センチの長身で、上半身は逆三角形にひきしまっており、脚も長い。薄いものの、ちゃんと髭《ひげ》が生《は》える。そんな姫がいたら怖い。

苦笑しつつ再び階段を上り始めると、自室のドアが開いた。

色の白い、整った面立《おもだ》ちの男が現れる。市村だ。

「何か声聞こえたけど、どないした。大丈夫か？」

「コーヒーこぼしそうになっただけや。大丈夫」

笑ってみせた開士に、市村も安堵したように微笑《ほほえ》む。

部屋へ入ると、両手が塞《ふさ》がっている開士のかわりにドアを閉めてくれた。ごく普通の動作だが、市村のそれはなぜか品良く、優雅に見えるから不思議だ。

立ち居振る舞いだけではなく、市村は外見も王子という言葉がよく似合う。開士より五センチほど背は低いものの、この二年で頬の丸みがとれ、もともとの端整な造作が際立《きわだ》った。象牙《ぞうげ》色《いろ》の肌と、染めているわけではないのにこげ茶の髪が、西洋的な美しさを醸《かも》し出《だ》している。今日もグレーのセーターに生成《きな》り色のパンツという変哲《へんてつ》もない服装だが、まっすぐ伸びた背筋のせいか、一枚の絵画のようだ。

直接見るのは三日ぶりだからだろう、なかなか恋人から離れようとしない視線をどうにか引き剝《は》がし、開士はローテーブルにトレーを置いた。

はい、と差し出したマグカップを、市村は嬉しそうに受け取ってくれる。

「ありがとう。佐山にいれてもろたコーヒー飲むん、久しぶりや」

「ただのインスタントやけどな」

「インスタントでも、佐山がいれてくれるんは特別美味《おい》しい」

照れる様子もなく発せられた率直な言葉に、開士は赤くなった。

相変わらずカッコエエ。

「そういう風に言うてもらえると、嬉しい」

お返しのつもりで精一杯素直に言葉を返すと、市村は愛しげに目を細めてこちらを見つめた。が、ふと表情を曇《くも》らせる。

「四月から心配や」

「心配て何が？」

「同じ大学行けても学部がちゃうやろ。佐山かわいいから、変な奴が寄ってこんか心配や」

「それは絶対に大丈夫や」

市村の正面に腰を下ろし、開士はきっぱり言い切った。市村と同じく頬の丸みが抜けた結果、精悍《せいかん》な面立ちは、更に鋭《するど》さを増した。見ようによってはかなり強面《こわもて》の男を本気でかわいいと思うのは、市村ぐらいだろう。

「それより俺は、俺が大学に受かるかどうかの方が心配や」

開士も市村も、第一志望は自宅から通える公立大学である。一週間後に行われる前期試験で、開士は法学部を、市村は理工学部を受験する。市村はともかく開士にとっては、少し背伸びをした大学だ。先月に行われたセンター試験でも、選抜ラインぎりぎりの点数だった。

二人とも、滑《すべ》り止《ど》めとして受けた私立大学に既に合格しているが、こちらは別の学校だ。第一志望の公立大学に落ちた場合、確実に離れ離れになってしまう。私立大学も自宅から通える場所にあるので遠距離にはならないのだが、できることなら同じ大学に通いたい。

ちなみに共通の友人である梅野《うめの》は、第一志望の美術大学に合格済みだ。学校で顔を合わせたときに、おめでとうと声をかけると、彼は嬉しそうに笑った。が、はしゃいだ様子は見せず、かいっちゃんと市村が第一志望受かってから皆でお祝いしよ、と提案してくれた。

「それ言うんやったら、俺かて受かるか心配や」

市村が憂《うれ》い顔のままため息を落とす。

そういう顔もめっちゃ絵になる。

性懲《しょうこ》りもなく見惚れながら、開士は笑った。

「市村は心配することないて。もともと成績ええんやから」

「けど試験て受けてみんと、どうなるかわからへんもんやろ。安心するんは受かってからにせんとな。佐山と一緒の大学に通うためにがんばるわ」

穏やかながらも芯《しん》の通った口調から、卒業しても離れたくないという意志をくみとって、開士は力強く頷いた。

「俺もがんばる」

互いに同じ思いだと察したらしく、市村はさも嬉しそうに微笑む。

開士も嬉しくて、おのずと笑顔になった。ふわふわと浮いているような、それでいて恥ずかしくていたたまれないような甘い感覚が全身を包む。市村が付き合い始めた頃と変わらず大事にしてくれるせいか、彼を好きになった当時の初々《ういうい》しい恋心は、今も失われていない。

――まあでも、ここ半年ぐらいは初々しいばっかりやないけど。

開士はちらと市村を見た。窓から差し込む陽光に照らされたこげ茶の髪は蜂蜜《はちみつ》色に、白い肌は絞《しぼ》りたてのミルクのようにほんのりと輝いている。コーヒーを飲む仕種《しぐさ》は優雅で、うっとりするほどきれいだ。

触りたい。撫でてみたい、口づけたい。

できれば、彼の体の隅々にまで。

市村の想いと己《おのれ》の想いがぴったり重なっていることを確認すると、決まってそんな欲が湧《わ》いてくる。

俺はヘンタイか。

や、けど好きで付《つ》き合《お》うてるんやから、当たり前の欲求やろ。

そう思う一方で何となく後ろめたいのは、市村からは生々しい欲が全く感じられないからだ。

なにしろこの二年、市村とは触れるだけのキスしかしたことがないのである。

こげ茶色の双眸《そうぼう》が、ふとこちらを向いた。

見つめていたのだから当然だが、目が合う。

「佐山」

「は、はい」

改まった返事をしてしまったのは、己の邪《よこしま》な欲を見透かされたような気がしたからだ。

しかし市村は訝《いぶか》ることなく、テーブルの下から箱を取り出した。真紅《しんく》の上品な包装紙でラッピングされたそれを、開士に差し出す。

「これ、バレンタインデーのチョコ」

「え、あっ、俺もあるんや、ちょっと待ってて！」

慌てて立ち上がり、クローゼットを開ける。しまっておいたチョコを取り出した開士は、市村の横に正座し、はい！　と勢いよく市村に差し出した。

たちまち市村の白い頬が薄桃色《うすももいろ》に上気する。

「今年も交換やな」

嬉しげな物言いに、うんと頷いた開士は、放っておくと際限《さいげん》なくにやけそうになる頬を、苦労して引きしめた。一昨年《おととし》のバレンタインデーも去年のバレンタインデーも、チョコレートを交換した。そうしようと打ち合わせたわけではない。互いが互いのために用意しておいたので、結果的に交換という形になったのだ。

市村のチョコレートを開士が受け取ると同時に、開士のチョコレートが市村の手に渡る。

儀式めいた交換が終わると、市村は満足そうなため息を落とした。

「ありがとう、佐山。めっちゃ嬉しい」

「俺もめちゃめちゃ嬉しい。ありがとな、市村」

弾《はず》んだ口調で礼を言った開士は、少女漫画の主人公のように、もらったチョコレートを胸に抱きしめたい衝動に駆られた。が、俺がそんなんしても全然似合わん、と理性でかろうじて押しとどめる。それでも湧き上がる歓喜と愛しさは抑《おさ》えきれなくて、そっと箱を撫《な》でる。

視線を感じてふと顔を上げると、市村は甘い笑みを浮かべた。

開士も照れくさいのを我慢して微笑み返す。

めっちゃええ雰囲気や。

「佐山」

笑みと同じ蕩《とろ》けるような声で呼ばれた。市村の端整な面立ちがゆっくり近付いてくる。

自然と目を閉じると同時に、唇に柔らかいものが触れた。

一瞬で離れたそれは、しかしすぐにまた重なる。

いつもより長いキスに、ただでさえ高鳴っていた心臓が、口から飛び出るのではないかと心配になるほど激しく脈打った。

今日こそセックスとまではいかんでも、ディープなやつするつもりか？

父は会社、母はパート、姉は大学へ行っている。今日は誰もいないと市村にも伝えてある。

よっしゃ！　さあこい！

意を決して唇を開こうとしたそのとき、優しく表面を撫でていた市村の唇が呆気《あっけ》なく離れた。

思わず、バチ、と勢いよく目を開けてしまう。パカ、と口も大きく開いてしまった。埴輪《はにわ》のような間抜けな表情を間近で見て驚いたのだろう、市村が目を丸くする。

「どないした。俺の顔に何かついてるか？」

「えっ、や！　何も！」

ははははは！　と開士は意識して笑った。

全身にどっと汗が噴き出す。顔だけでなく、耳や首筋も燃えるように熱くなる。期待した自分が猛烈に恥ずかしい。

「勉強しよ、勉強！」

そそくさと市村から離れ、テーブルに向かう。もらったチョコレートはそっと脇《わき》へ置いたものの、ノートや参考書を広げる仕種は、必要以上に乱暴になってしまった。

しばらく驚いた顔で開士を見つめていた市村だったが、照れているとでも解釈したのか、小さく笑ってノートを広げる。

バッサバッサと音をたてて参考書をめくりながら、開士はちらと市村を盗み見た。

頬は幾分か赤いものの、焦《あせ》った様子はない。慌てた様子もない。シャーペンを握る仕種は、やはり優雅だ。――どう見ても、いつもの市村である。

市村は、今のキスで満足したんやろか。

もっと深く触れたいとは思わないのだろうか？

我ながらオトコマエ。

鏡に映った己の姿を、開士はまじまじと見つめた。

顔もむき出しの上半身も小麦色だ。広い肩とひきしまった胸は、華奢《きゃしゃ》な女の子一人ぐらいなら、すっぽりと包み込むことができるだろう。風呂から上がったばかりで上気した体の隅々まで、それこそ重箱の隅をつつくように探しても、柔らかさや愛らしさは発見できない。

そんでも市村は、こういう俺をカワイイて思うんや。

けどその『カワイイ』思う気持ちって、どういう感情なんやろ。

「ようわからん……」

鏡の中の男がひとりごちる。微《かす》かに動いた唇すらも、すっきりとした男らしい形だ。

市村は帰り際にもキスをした。二度目のキスも触れるだけの、優しい接触だった。

家族全員おらんてわかってんのに、何で全然触ってけぇへんのや。俺のことカワイイ思うんやったら、せめてディープキスぐらいしたらええやろ。

受験を控えているとはいえ、今日は確実に一歩進むタイミングだった。

それなのに、しなかった。

「何でや」

鏡に映る男の眉間に、深い皺《しわ》が寄る。

市村が開士をかわいいと思っていることは確かだ。好きな気持ちにも偽《いつわ》りはないと思う。けどそれって、女の子がぬいぐるみをかわいいて思うんと一緒とちゃうんやろか。

女の子がぬいぐるみにキスをしたり、抱きしめたりするのはなぜか？　かわいいからだ。

しかし当然だが、ぬいぐるみには欲情しない。

もしかしたら市村は、開士をかわいいとは思っても、欲情はしないのかもしれない。

「何か、そういうのと無縁っぽい感じやもんな……」

改めて思い返してみても、市村から情欲を感じたことは一度もない。熱っぽく見つめられたり、強く抱きしめられたことはあるが、それは愛情の発露《はつろ》であって、欲情した結果ではなかったように思う。その証拠に、触れてくる手はいつも優しかった。

とはいえ、市村も生身の男だ。性欲が全くないわけではあるまい。

男やったら、好きなコ押し倒してアレしたいとかコレしたいとか、あるやろ？

次の瞬間、ネットで知識を仕入れた『アレ』や『コレ』が鮮明に頭に浮かんだ。

しているのは市村で、されているのは——。

「うーわー！」

開士は思わず叫んだ。

や！　市村にアレしてほしいとかコレしてほしいとかやないんやけど！　や！　してほしいないってこともないんやけど！　今まで想像しかけたことは何回もあるけど、市村に申し訳ない気がして途中でやめたし！

ていうか俺がされる方ってどないやねん。

今日だけでなく、去年も一昨年も、市村はバレンタインデーにチョコレートをくれた。女性が男性にチョコレートを渡す日にくれたのだ。

てことは市村は、俺にしてほしいんとちゃうんか？

その場合は、俺がせなあかんよな。

男はもちろんのこと、女性との経験すらないから、うまくできる自信は全くないけれど。

――もう俺的にはこの際、市村とやれるんやったらどっちでもええ気もする。

「ちょっと開士、どないしてん。大丈夫か？」

姉の声が聞こえると同時にドアをノックされ、開士は飛び上がった。雄叫《おたけ》びを聞かれていた恥ずかしさから、思わず怒鳴る。

「うるさいな！　何もない！」

「はあ？　人が心配したってんのに何やねんその態度。あーあ、どうせ弟やったら市村君みたいな弟がよかった」

市村、という名前に、再び先ほどのアレとコレが脳裏《のうり》に浮かんだ。

刹那《せつな》、火が出るかと思うほどカッと顔が熱くなる。

あかん、思い出したらあかん！

妄想を振り払うために、開士は勢いよくドアを開けた。

「市村のことは言うな！」

ぎょっと目を見開いた姉に怒鳴り、一目散《いちもくさん》に二階へ駆け上がる。

自室に飛び込んでドアを閉めると、あんたら静かにしなさい、という母のあきれた声が階下から聞こえてきた。開士が勝手に騒いでんのや、私は関係ない、と姉がぶりぶり怒った口調で答えている。

はあああ、と盛大なため息をついた開士は、机の上に目をとめた。真紅の包装紙に包まれたチョコレートが、そこにある。

門の外まで見送りに出ると、市村はそっと開士の頬を撫でた。

風邪ひかんようにな。

優しく囁いた後、名残《なご》り惜《お》しげに指を離した。市村の指先を飾る爪《つめ》はきちんと切りそろえられていて、街灯の明かりを受けて黄金色に輝いていた。

あの爪を舐《な》めたら、きっと蜂蜜の味がするに違いない。

「ハチミツてっ……！」

地団太《じだんだ》を踏みたいのを我慢して、開士は洗ったばかりの髪をかきまわした。

俺はヘンタイか！

――まあ、爪を舐めてみたいて、確かにヘンタイっぽい。

自分で認めて情けない気持ちになった開士は、再び大きなため息を落とした。

これって女子が言う、優しいだけじゃイヤ、ていうやつやろか。

どこまで乙女思考やねん俺……。

「とりあえず勉強しよ」

情けなさを通り越し、何だか悲しい気持ちになってきた開士は、よろよろと机に歩み寄った。

市村のことは大好きだ。こんなに人を好きになったのは、生まれて初めてである。

しかし今はともかく、一週間後に迫った受験を乗り切る必要がある。市村との関係について考えるのは、それからでも遅くない。肝心《かんじん》の市村と離れてしまっては、元も子もないのだから。

高校生活最後のホームルームを終えて廊下へ出ると同時に、くわ、と大きな欠伸《あくび》が漏れた。

眠い……。

涙が滲《にじ》んだ目をこすっていると、おいコラ！　と後ろから肩を叩かれる。

「泣いてるんか思《おも》たら欠伸かい」

「感動の欠片もないやっちゃのう」

クラスメイトたちにどやされ、開士はわざと眉を寄せた。

「アホ、ちゃんと卒業式んときは感動の涙流してたわ。ただちょっと寝不足で」

「やまっち、本命公立やったっけ。発表まだなんか？」

気遣う表情を見せた男子生徒に、うんと頷く。

前期試験は無事に終わった。市村と二人で開士の家の近くにある小さな神社へ初詣《はつもうで》に出かけた際に買ったおそろいのお守りのおかげか、比較的落ち着いて臨《のぞ》めた。

開士にしてはできた方だと思うが、合格ラインに届いているかどうかはわからない。もし前期試験に落ちていたら後期試験を受けなければならないため、勉強は続ける必要がある。とはいえ、前期試験に全力投球した後、しかも試験の結果が気になりつつの学習には、いまいち集中できなかった。

「一応、昨夜も後期試験に備えて勉強を」

「しとったんか」

「してたけど、気ぃ付いたら寝てた」

本当のことをそのまま答えると、意味なし！　そんなんやったら最初から勉強すな！　寝ろ！　と笑いながらツッこまれる。こうして彼らとくだらない話で盛り上がるのも、今日が最後だ。

前期試験から四日後の今日、卒業式は滞《とどこお》りなく粛々《しゅくしゅく》と行われた。

三年の中には既に進路を決めている者もいれば、開士や市村のように、まだ決まっていない者もいる。それでも高校生活を惜しむ気持ちは同じだ。男女問わず、涙ぐむ者もいた。

開士はといえば、ツンと目の奥が痛んだものの、泣くことはなかった。

市村と共にすごした高校を卒業することは寂しい。数え切れないほど思い出がつまっているから、名残り惜しくもある。けれど、卒業しても市村と一緒にいるのは変わらない。――そんな思いがあったからかもしれない。

結局、市村とはいっぺんも同じクラスになれんかったな……。

同じクラスになれていたら、もっと長い時間を一緒にすごせただろうに。

それだけを少し残念に思いながら、クラスメイトたちと共に靴を履《は》き替《か》える。昇降口の付近は、ホームルームを終えて出てきた卒業生と、それを見送る下級生であふれ返っていた。

「おー、ええ天気やなあ」

校舎の外へ出た開士は思わず声をあげた。頭上に広がる空は澄んだ青だ。今日は朝から風もなく、降《ふ》り注《そそ》ぐ日差しは暖かい。

うーん、と伸びをしていると、佐山先輩、と背後から声をかけられた。

振り返った先にいたのは、見覚えのない女子生徒が三人。恐らく一年か二年だろう。

一緒にいたクラスメイトたちが、ススス、となぜか一斉《いっせい》に後ろへ引く。

「卒業おめでとうございます！　あの、これ、受け取ってください！」

真ん中にいるロングヘアの女の子が、小さな花束を差し出してきた。

「え、俺に？」

顔を真っ赤にして頷いた彼女とは、やはりどう見ても面識がない。

しかし花束をもらった手前、どうもありがとうと礼を言う。

すると三人は、もじもじと互いを肘《ひじ》で突き合った。無言の攻防《こうぼう》の末に、やはり中央の女の子が意を決したように口を開く。

「あの、私、二年三組のタナカエリっていいます。それで、あの……、できたら、先輩の校章が、ほしいんですけど……」

途切れ途切れの言葉に、開士はようやく彼女の意図《いと》に気付いた。開士が通う高校では、卒業の際、憧《あこが》れの先輩に校章をもらう習慣がある。学生服でいう第二ボタンだ。校章をくれと頼むことは、あなたが好きですと告白するも同然である。

俺のこと、好きでいてくれたんか。

好意は純粋に嬉しい。けれど。

「校章はあげれん。ごめんな」

できる限り柔らかい口調で謝ると、三人は一様に固まった。

「あげる人、決まってるんですか？」

左側にいたボブカットの女子生徒が、恐る恐る尋ねてくる。

市村に校章あげる約束はしてへんけど、渡すとしたら市村しかおらん。

優しく微笑む整った面立ちを思い浮かべながら、うんと頷く。

次の瞬間、中央にいたロングヘアの女の子があからさまに肩を落とした。両脇の友人が慰《なぐさ》めるように腕をとったものの、彼女の顔はみるみるうちに歪《ゆが》んでゆく。

わ、泣いてまう。

「ごめんな。ほんまごめん」

謝る以外にどうしていいかわからなくて、開士は頭を下げた。

女子生徒は慌てたように首を横に振る。

「いえっ、あの、そしたら写真だけお願いします!」

「あ、うん」

勢いに押されて頷くと、ロングヘアの女子生徒は開士の横に立った。ボブカットの女の子がデジタルカメラを向けてきたので、笑顔を作る。

もう一枚、と言いかけた友人を遮《さえぎ》るように、開士の横にいた女子生徒は勢いよく頭を下げた。

「ありがとうございました!」

礼を言ったかと思うと一目散に駆けてゆく彼女を、残された二人が慌てて追いかける。

泣くほど俺のこと好きでいてくれたんか……。

予想外の出来事に半ば茫然としていると、遠巻きに見ていたクラスメイトたちが再び寄ってきた。

「泣ーかしよった泣かしよった」

「さーやまーがー泣ーかした」

囃《はや》す男たちを、アホ、と女子生徒が切り捨てる。

「あんたら小学生か。お疲れ、やまっち」

「やまっち、今日はたぶんこういうのばっかりやで」

別の女子生徒の言葉に、え、と思わず声をあげる。

「ばっかりて何でや」

瞬《まばた》きをすると、彼女はにやにやと笑った。

「あんた、見た目ごっつオトコマエやろ。一年と二年の女子にめっちゃ人気あるらしいで」

「三年にも佐山にコクるコおるんとちゃう？　中身三なとこがええて言うてたコおったし」

別の女子生徒の言葉に、マジでか！　と食いついたのは、開士ではなく男のクラスメイトたちだ。

開士はといえば、へえ、と間の抜けた声を出した。高校一年の秋に彼女と別れた後、市村と付き合うようになってからは、ずっと彼に夢中だった。当然、女の子など目の端にもひっかからず、自分がもてている自覚など欠片もなかった。

しかし気のない返事は、男連中の反感を買ったらしい。ぎろりとにらみつけられる。

「聞いたか、おい。へえ、やて」

「いっちょまえにタラシのつもりか！」

一斉にツッこまれ、開士は慌てて反撃した。

「アホ、何で俺がタラシやねん。女子にコクられたん、高一んとき以来なんやぞ。そんなんでタラシとかないやろが」

するとその場にいたクラスメイトたちはそろって眉を寄せた。

「佐山がフリーやてわかってんのに、何で誰もコクらんかってんやろ」

「ほんまやな。一人ぐらいコクるコがおっても不思議やないのに」

いや、俺フリーやないんやけど。

開士は心の内だけでつぶやいた。市村と付き合っていることは誰にも言っていない。だから皆、クラスも部活も違うのに一緒にいることが多い開士と市村を、変わった組み合わせとしか認識していないようだ。共通の友人である梅野ですら、特別仲が良い親友だと信じている。

怪しまれたいわけやないけど、全然疑われへんのも何か寂しいよな。

明後日《あさって》の方向に思考を飛ばしていると、まあでも、と女子生徒が思いついたように言った。

「やまっちて挙動不審なとこあるやろ。遠巻きに見てるぐらいがちょうどよかったんちゃう？」

「ああ、そうかも。時々無意味に全力疾走《しっそう》してたり、飛び上がったりしてたもんな」

「俺は鼻歌歌いながらスキップしてるとこを何回か見た」

「このでかいナリでスキップ？　うわ、コワ！」

随分と勝手なことを言われているのに、今度は反撃できなかった。

市村のことを考えてるときの俺は、確かに挙動不審や……。

市村の言動にドキドキするだけでなく、ここ最近はうずうずもしているし、もやもやもしているのだ。第三者から見て、怪しいと思われても仕方がない。

「たぶん佐山はナマケモノとかカモノハシとか、パッと見はカワイイけど、よう見たら何か不気味な珍獣《ちんじゅう》みたいなもんやったんやろ。せやから誰もコクらんかったんや」

「なるほどな。まあその珍獣も今日で見納《みおさ》めやけど」

「元気でな、カモノハシ」

「カモノハシ言うなコラ」

今日で別れるクラスメイトに対する感慨《かんがい》が、あるのかないのかよくわからない会話にツッこんでいると、佐山君、と脇から声がかかった。

二年のとき同じクラスだった女子生徒が二人、寄り添うように立っている。

二人のうちの一人、ショートカットの小柄な女子生徒が、顔を真っ赤にして見上げてきた。

「あの、できたら、なんやけど、校章、もらえへんかな」

「えっ、あ、校章はあげれんねん。ごめん！」

我知らず制服の襟元《えりもと》につけている校章をつかんで謝ると、彼女は顔を歪めた。

おおおお、頼むし泣かんといてくれ！

口を噤《つぐ》んでしまった彼女のかわりに、隣にいた女子生徒が慌てたように口を開く。

「そしたら写メだけでも一緒に撮ってもらえん？」

うんと頷いて、まだうつむき加減のショートカットの女子生徒と並ぶ。

写真を撮り終えて去っていく二人を見送っていると、一旦離れていたクラスメイトたちが、ススス、とまた寄ってきた。全員の顔に、好奇心と野次馬という文字が書いてある。

「な、言うた通りやろ。今日はこんなんばっかりやて」

「佐山、校章あげるコおるんやったら、はずしといた方がええんとちゃうか？」

「せやな。つけたままでおったら無駄に期待するもんな」

「ちゅうかおまえ、カノジョおらんくせに誰にやるんや」

男子生徒にツッこまれ、え、と開士は声をあげた。

「や、別に、誰っていうか……」

脳裏にはっきり浮かんだ市村の顔に、我知らず頬が熱くなる。

「お、赤《あか》なりよった。誰や、誰にやるんや」

「言え言え、最後やし言うてまえ」

「誰が言うか！」

恥ずかしさをごまかす意味もこめて怒鳴りつつ、開士は慌てて校章をはずした。それを見たクラスメイトたちが、お、はずしよったぞ、誰にやるんや誰に、と懲《こ》りずに囃してくる。

うるさいな、と赤面したまま返していると、佐山先輩！　とまたしても声をかけられた。

花束を手に歩み寄ってきたのは、やはり見覚えのない女子生徒だった。が、開士の制服の襟を見た途端、あからさまに落胆の表情を浮かべる。そこに校章がないことで、自分の想いが報《むく》われないことを察したらしい。

それからも、次から次へと女子生徒に声をかけられた。水泳部の後輩、一年と二年のときに同じクラスだった女子生徒、そして名前も顔も知らない下級生たち。その数は、一緒にいたクラスメイトたちがあきれるほどだった。

開士はといえば、好意を寄せてくれたことに対するありがたい気持ちと、応《こた》えられない申し訳なさは感じたものの、心は少しも動かなかった。

気になるんは、やっぱり市村だけや。

クラスメイトや水泳部のチームメイトたちとも別れ、一人になった開士は、人が少なくなってきた周囲を見渡した。

十数メートル離れた校舎の脇に、市村はいた。

彼もまた、美術部の仲間をはじめ、大勢の女子生徒に囲まれていた。小柄で愛らしかったり、スレンダーな美人だったりと、実に様々な女の子が彼を取り巻いている。

市村の腕には開士の腕の中にある花束と同じぐらい、たくさんの花束が抱かれていた。

市村も、もてとったんや……。

当然だ。市村はきれいで優しくて、かっこいい。もてないはずがない。

ぼんやりと見つめた先で、市村は女子生徒たちに優しい笑顔を向けた。

「……っ！」

ふいに強い感情が喉《のど》からせり上がってきて、開士は拳《こぶし》を握りしめた。

市村は俺のや。

それは、今まで一度も感じたことのない独占欲だった。

市村しか見えなくて、市村も恐らく開士しか見えていない。互いしか視界に入っていないのだから、独占欲を感じる必要すらない。この二年、そんな狭い世界にどっぷり浸《つ》かっていたのだと、ようやく気付く。

明日からはもう高校生ではない。同じ大学へ行くとしても、環境は一変するのだ。

このままではあかん。

市村は俺のもんやて、もっとちゃんと、はっきりさせんと。

十日前、入試を受けるために歩いた道は、合格発表を見に行く若者でいっぱいだった。

卒業式の日は暖かかったのに、今日は朝から気温が低い。空を覆《おお》う灰色の雲は厚く、太陽はちらとも顔を出しそうになかった。どんよりとした曇《くも》り空に相応《ふさわ》しく、大学へ向かう者は皆、不安と緊張がない混ぜになった表情をしている。

「なあ、市村《いちむら》」

隣を見下ろすと、うん？ という優しい応《こた》えが返ってきた。

ジャケットにジーンズという、彼にしてはカジュアルな服装の市村は、今日も開士《かいし》を守るように車道側を歩いている。

「俺、今回落ちたとしても後期試験がんばるから」

開士は至極《しごく》真面目な口調で言った。

卒業式の後、市村が自分のものだとはっきりさせる方法を考えた。

やっぱり、大人の関係に進むことが一番やろう。

要するに、キス以上のことをするということだ。もともと、市村に性的な欲求があるのかどうか確かめなくてはいけないと思っていたから、ある意味一石二鳥である。

しかし、それ以前に大きな問題があった。

俺が大学に落ちてしもたら、独占欲とか性欲がどうこう言う以前に、市村と離れ離れになってまうやないけ！

今日まで、何度も自分だけが落ちている想像をしてしまった。勉強の合間を縫《ぬ》って市村と電話で話したり、メールをかわしたりしたものの、その不吉な想像は振り払えなかった。

「後期こそ絶対、ええ点とるからな！」

拳《こぶし》を握りしめて宣言すると、市村は優しい笑みを浮かべた。

「何で今から落ちてる思うんや。二次試験はできた言うてたやろ。大丈夫やて」

「や、落ちてることを前提にしとかんと、落ちたときにショックがでかいから。今から後期試験のためにエンジンかけといたらショックも小そうて済むし、すぐ勉強に取り組めるし」

うんと大きく頷いてみせると、市村は目を細めてこちらを見上げてきた。

「ネガティブなんかポジティブなんかようわからんけど、佐山《さやま》らしいな」

「そうか？　俺にしてはネガティブやで」

せやかて俺は、市村が俺のもんやて確信できるようなアレとかコレを、市村にしてもらえへんのやから。

いや、市村に責任転嫁《てんか》するのは筋違いだ。これ以上ないぐらい大事にしてくれているのだ、市村は悪くない。

俺自身が何とかして、市村をその気にさせんと！

「佐山？　どないした」

ぐぐ、と更に拳を握りしめていた開士は、不思議そうに呼ばれてハッとした。

またしても挙動不審になっていた自分に気付いて、急いで笑顔を作る。

「や！　あの、今日の朝飯を思い出して！」

「朝飯？　何食うてきたんや」

市村は、クス、と笑いながら尋ねてくる。

これ以上不審に思われないように、開士は早口で言葉を紡《つむ》いだ。

「今日の朝飯のおかず目玉焼きやってん。俺、目玉焼きにはいっつも醤油《しょうゆ》かけて食うんや。それやのに醤油切らしててケチャップしかないとか言うて、オカンが勝手にどばっとケチャップかけてん。そんときオカン、めっちゃ何か言いたそうな顔してんけど、俺、後期試験のことで頭いっぱいで。勝手にかけんなて文句言うただけで、後はおとなしい食うたんや」

「紅白か」

市村の笑いまじりのつぶやきに、そお、とため息と共に頷く。

どうやら目玉焼きの白とケチャップの赤で、めでたい雰囲気を演出しようとしたらしいのだ。

もっとも、開士がそのことに気付いたのは、家を出てからだったのだが。

「オカンはツッこんでほしかったんやろけど、こっちは普通の精神状態やないんや。わかりにくいボケされても気付かへんっちゅうの」

「佐山んちはおもろいなあ」

市村は楽しげに笑う。

その反応にほっとしながら、そおか？　と開士は首を傾《かし》げた。

「全然おもろいことないで。だいたい、合格発表の前やのに紅白て先走りすぎやろ」

「佐山の気持ちを盛り上げようとしはってんやろ。おばさんなりの気遣いや」

「どうせやったら、もうちょっと違う形で気遣《きづこ》うてほしかったわ」

ぼやいた開士に、市村はまた楽しげに笑う。見上げてくるこげ茶色の瞳に映っているのは、どこまでも甘く、優しい色だ。

惑《まど》いなく向けられる柔らかな眼差しに、いつもはくすぐったい気分になるだけだが、今日は胸の奥がじわりと熱を持った。

幸せや。

——けれど足りない。

市村と顔を合わせるのは卒業式の日以来、初めてである。電車の中で久しぶりやなと優しい笑顔を向けられたときも、同じように胸が焦《こ》げた。ドキドキとかうずうずといった愛らしい言葉では到底表現できない感覚に、今までとは違うのだと、否《いや》が応《おう》にも自覚させられた。

今も外にいるというのに、少しでいいから触りたいと思ってしまう。時と場所を選ばずに、こんな直接的な欲求が湧《わ》いてくるのは初めてだ。

開士は我慢できず、そろ、と市村の手に指先を伸ばした。

ちょっとだけや、ほんまにちょこっと触るだけ。

乙女どころか、完全なオヤジ思考になっていることを自覚しつつ、尚も指先を伸ばす。

あとわずかで届きそうなところで、急に市村が顔を上げた。

「うわっ」

思わず両手を頭上に上げる。

大きく足を開き、バンザイを四十五度傾けた体勢になった開士に、市村は瞬《まばた》きをした。

「どないした」

「やっ、あのっ、せっ、背伸びの運動！　とか？」

両腕をそろそろと下ろし、ははは、と開士は笑った。頬が熱い。額にうっすらと汗が滲《にじ》む。

よりによって背伸びの運動て何やねん、全然ごまかせてへんぞ俺！

内心の焦《あせ》りが伝わったのか、あるいは伝わっていないのか。市村は不思議そうな顔をしたものの、すぐに小さく笑った。

「ほんま、体操でもしてリラックスせなあかんな」

うんと頷いて軽く肩をまわした市村は、ふいに口を噤《つぐ》んだ。見つめた先で、緩《ゆる》んでいた白い頬が硬く引きしまる。

「俺も後期試験がんばるわ」

真剣な物言いに、え、と開士は声をあげた。

「市村は受かってるて。センターも余裕やったし、二次もまあまあできたて言うてたやんか」

「けど今年は受験生多いから。それにテストに絶対はないし」

「そうかもしれんけど、俺よりは確実に安全圏《けん》におるんは間違いないて。大丈夫や」

断言すると、こげ茶色の双眸《そうぼう》が再びこちらを見上げてくる。

「佐山にそう言うてもらえると、大丈夫な気ぃするな。前向きに考えるわ」

口調は明るかったものの、どこか不安定に揺れる眼差しに、開士は驚いた。

こんな市村、初めてや。

――いや、前に一度だけ見たことある。

いつどこで見たのか思い出そうとしていると、市村はニッコリ微笑《ほほえ》んだ。優しくて凜々《りり》しいその笑みに、不安定さはあっという間に隠されてしまう。

あかん。

何がだめなのかもわからないまま、それでも直感でだめだと感じる。

市村、と焦って呼びかけようとしたそのとき、ちょうど石造りの厳《いか》めしい門に到達した。

入ってすぐのところにある警備室の脇《わき》に、合格発表の案内板が設置《せっち》されている。順路を示す赤い矢印が目に飛び込んできた。合格者の番号が貼り出されるのは、事務棟の前らしい。

もうすぐ合否《ごうひ》がわかる。

にわかに緊張が走り、おのずと足が止まった。開士につられて市村も立ち止まる。

「大丈夫や、佐山」

宥《なだ》めるように背中を撫《な》でられ、開士は市村を見下ろした。

まっすぐ見上げてきた市村が、大きく頷いて微笑む。くっきりとした二重《ふたえ》の双眸から放たれる視線は穏やかで、不安定さは欠片《かけら》もない。

いつも通りの市村に、開士はほっと息をついた。

俺が緊張してるから、市村も緊張してるみたいに見えただけかも。

今はとにかく、発表を確かめなければ。

「行こか」

市村に促《うなが》され、開士は頷いた。二人並んで矢印の方向へ歩き出す。

構内を進むにつれ、自然と口数が減った。かわりに増えたのは、心臓が騒ぐ音だ。鼓動が早くなりすぎたせいで痛いような感じさえして、ポケットの中のお守りを握りしめる。

サークルの勧誘を行うためだろう、チラシやパンフレットを持った学生が道の脇を固めているが、まだ声はかけてこない。緊張の面持《おもも》ちで歩く受験生を遠巻きにしている。

黙々と歩いていると、わあ！　と前方で悲鳴のような声があがった。番号が貼り出されたらしい。

開士は咄嗟《とっさ》に市村を見下ろした。市村もこちらを見上げてくる。

互いに頷き合い、歩を早める。

受かってますように、受かってますように、受かってますように。

口の中でくり返しつつ大勢の受験生をかき分け、法学部の合格者が貼り出されている掲示板の前へ進む。

ポケットから受験票を取り出した開士は、目をこらして自分の番号を探した。右隣で掲示板を見ていた女性が、あった！　と大きな声をあげる。一方、左隣では眼鏡をかけた男が肩を落としていた。番号がなかったようだ。二人の間で揉《も》まれるようにしながら、必死で番号を探す。

「……あった！」

開士も思わず叫んだ。しかし、にわかには信じられなくて受験票に視線を落とす。番号を確認して再び掲示板に目をやる。

同じ番号が、確かにそこに記《しる》してあった。合格だ。

「やった！」

両の拳を握りしめた開士だったが、喜びに浸《ひた》る間もなく辺りを見まわした。

市村はどうやった？

受験生だけでなく、付き添いの保護者や教師、そしてここぞとばかりにサークルの勧誘を始めた在校生で、掲示板の前は混雑している。人が多すぎて市村を見つけることができない。

急に不安になった開士は、理工学部の合格者が貼り出されている掲示板へと足を向けた。焦っているせいか、歩を進める度《たび》に肩や腕がぶつかる。すんませんと謝りながらも歩みは止めない。

人ごみの中にようやくこげ茶色の頭を見つけ出した開士は、息をつく間もなく呼んだ。

「市村！」

掲示板の前に立っていた市村は、ビク、と肩を震わせた。

ゆっくり振り向いた市村の顔を見て、開士は息を飲んだ。

端整な面立《おもだ》ちには表情がなかった。色の白さも手伝って、まるで能面のようだ。

開士を認めて笑おうとしたらしく、口許《くちもと》が少し動く。しかし笑みになるどころか、硬く強張《こわば》ってしまう。

尋常《じんじょう》ではない様子に、開士は掲示板に集《つど》っている人たちをかき分けるようにして市村に歩み寄った。

「どうやった？」

息せき切って尋ねると、市村は首を横に振った。

「落ちた」

「えっ、マジで？」

「マジや」

空《うつ》ろに頷いた市村は、我に返ったように開士を見上げた。

「佐山はどうやった」

「え、あ……、俺は、受かった」

応じた声は、内容とは裏腹に暗く沈んだ。合格の喜びが急激に萎《しぼ》んでゆくのを感じる。

まさか俺が受かって、市村落ちるなんて……。

しかし当の市村はニッコリ笑う。

「よかったな、おめでとう」

「うん……、けど……」

「さっき言うてた通り、後期試験がんばるから」

穏やかな口調に、項垂《うなだ》れていた開士はハッとした。

辛《つら》いのは市村やのに、俺が落ち込んでどうする。

慌てて顔を上げ、市村の気持ちが少しでも楽になるような言葉を探す。が、どうしても見つけられない。青ざめた顔を目の当《ま》たりにして、余計に何を言っていいかわからなくなる。

開士の心の内を察したのか、市村はかろうじて微笑んだ。

「佐山、うちの人に連絡したか？」

「いや、まだ……」

「皆待ってはるやろうし、早《は》よした方がええぞ」

優しく促され、無言で頷く。

こんなときまで優しい恋人に、胸が痛んだ。

辛いときは、もっと本音でおってくれてええのに。

「そしたら市村はまだ勉強中なんや」

梅野《うめの》の言葉に、開士は力なく頷いた。

そか、と梅野は短く相づちを打つ。開士を祝いたい一方で、市村を思うと、素直に喜べないのだろう。ぽっちゃりとした丸い顔に浮かぶ表情は複雑だ。

合格発表の翌日、ファストフード店で梅野と待ち合わせた。高校一年の秋、恋人にふられた梅野を、市村と二人で慰《なぐさ》めた場所である。平日の昼間だが、春休みに入った学生がちらほらといるからだろう、店内は賑《にぎ》やかだ。

「市村やったら後期で受かる思うで」

梅野の励《はげ》ます物言いに、コーラに突き刺さったストローを弄《もてあそ》びながら、悄然《しょうぜん》と頷く。

すると梅野は苦笑した。

「そんな落ち込むて、かいっちゃんが落ちたみたいやな」

「え、俺落ち込んでへんで。合格できてめちゃめちゃ嬉しい」

「ありえへんぐらい棒読《ぼうよ》みや、かいっちゃん」

梅野らしい柔らかなツッコミに、ははは と開士は笑った。その笑いも棒読みだ。

昨夜《ゆうべ》の夕食は焼肉だった。合格の報《しら》せを受けた母親が、特上の肉を奮発《ふんぱつ》してくれたのだ。仕事帰りの父親は、なぜかケーキをホールで買ってきた。誕生日か、と父にツッこんだ姉はといえば、いつ用意したのか、開士が前からほしかったスニーカーをプレゼントしてくれた。

家族に祝ってもらえたのは嬉しかったし、とてもありがたかったけれど、開士のテンションは上がらなかった。後期試験がんばるから、とくり返した市村の笑顔が頭から離れなかったのだ。自分の辛い気持ちは二の次で、開士を不安にさせまいとしていることが伝わってきて、胸がひどく痛んだ。

それにやっぱり、絶対受かると思《おも》てた市村が落ちたんはショックやった……。

前期試験で不合格だったのだから、もしかしたら後期試験もだめかもしれない。市村が後期試験に落ちてしまったら、四月から離れ離れになってしまう。

市村の前で暗い顔はすまいと笑顔でいたつもりだが、そんなことをぐるぐると考えていたせいで、うまく笑えた自信はない。

市村が落ちたと知らせたためか、ため息を落としても家族が不審がることはなかった。市村と面識がある母と姉も、彼を心配していた。

「まあ、気持ちはわかるけどなあ。かいっちゃんと市村、ほんま仲ええし。ここで僕のこと慰めてくれたときは、二人がこんなに仲良うなるとは思わんかった」

しみじみと言って、梅野はハンバーガーを頬張《ほおば》る。

実質的に開士と市村を引き合わせてくれたのは、他ならぬ梅野だ。もし梅野がいなかったら、市村と恋人になっていないかもしれない。

——市村のいない生活。

そんなん、考えただけでもぞっとする。

我知らず身震いしていると、けど、と梅野が首を傾《かし》げる。

「大学が別になっても、二人とも実家から通うんやろ。会おう思たらいつでも会えるやんか」

「それはまあ、そうなんやけど……」

今の状態で大学が別になることは、かなり不安だ。

パッと出てきた知らん女が、俺の知らんとこで市村を取ってまうかもしれん。

「あかん。それだけは絶対にあかん」

「何で？」

思っていたことが口に出てしまったせいで、梅野が不思議そうに尋ねてくる。

開士は慌てて思考の海から足を引っこ抜いた。いつのまにか握りしめていた拳《こぶし》を解《と》き、両手を大きく振ってみせる。

「や、俺だけ受かってもやっぱり嬉しいないていうか！　それより梅野はいつ東京行くんや」

梅野が合格した美術大学は東京にある。二月の頭に合格発表があったため、既にアパートを決めてきたらしい。

「四月の頭に引っ越す予定や。三月いっぱいは大阪におる」

「そか。寂しいなるな」

本音を言っただけだったが、梅野はなぜか目を丸くした。かと思うと楽しげに笑う。

「かいっちゃんのそういうとこ、ええよな」

「そういうとこて？」

「めっちゃカッコエエのに、全然かっこつけへんやろ。市村もそういう感じするけど、市村の場合は素《す》がカッコエエからなあ」

「確かに市村はごっつカッコエエよな！　て、俺の素はカッコようないんかい」

考えるより先に力いっぱい同意してしまってから、焦ってツッこむ。

すると梅野はまた楽しそうに笑った。

「カッコエエよ。かっこつけへんとこがカッコエエ」

「微妙な言いまわしやな、オイ」

開士も笑ってハンバーガーを頬張った。が、自然と肩が落ちる。

昨日とは打って変わって、今日はよく晴れていた。開士と梅野がいる場所まで日差しは届かないが、通りに視線を向ければ、眩《まぶ》しい陽光の下、軽やかな足取りで歩く人たちが目につく。

何か、皆浮かれてるみたいに見える……。

恨めしいような気分でため息を落とした開士は、なあ、と梅野に声をかけた。

「俺は何を言うたらええと思う？　ちゅうか俺は、何をしたらええんやろ」

誰のために、という目的語が抜けていたが、梅野は市村のことを言っていると察してくれたようだ。せやなあ、と眉を寄せる。

「後期試験まで、あと十日ぐらいやろ。もうやれることはやり尽くしたやろうし、やっぱり気持ちが楽になるようにしたげるんが一番とちゃうか？」

「気持ちが楽に……」

「僕は普段通りにするんが一番やと思うけど」

「普段通り……」

開士はぼんやりと鸚鵡返《おうむがえ》した。

その普段通りが既に、今までと同じようにはいかんようになってんのや。

卒業式の日に入った独占欲のスイッチは、今もオンになったままだ。一度自覚してしまった以上、オフには戻れない。

反応の鈍《にぶ》い開士をどう思ったのか、梅野はニッコリ笑った。

「難しい考えんと、普通にメールとかしたらええと思うで。僕もそうするつもりやし。もしかいっちゃんが落ちてても、同じようにすると思う」

「……そうか。そうやんな」

昨日、市村は辛い気持ちを押し隠して、こちらを気遣ってくれた。開士だけが自分の感情をぶつけるわけにはいかない。試験を控《ひか》えた市村を、困らせたり戸惑わせたりするなんてもっての外《ほか》だ。

たとえオンでも、オフに見せかけなければ。

決心した開士は、うんと大きく頷いた。

「いつも通りにメールするわ。ありがとな、梅野」

「礼を言われるようなことはしてへんよ」

「や、自分一人で考えとったときは、正直どないしてええかわからんかったから助かった」

テーブル越しに、ポンと丸い肩を叩く。

すると梅野は嬉しそうに、しかし寂しそうに微笑んだ。中学から親しくしている梅野だが、こんな顔は今まで見たことがない。

「どないした、梅野」

「かいっちゃんと離れるん、僕も寂しいわ」

ぽつりと言った梅野に、開士は瞬きをした。

――梅野はええ奴や。

市村と引き合わせてくれたことを除いても、梅野と友達でいられてよかったと思う。彼とはこの先一年、いや、五年、いや、たとえ互いに白髪《しらが》になるまで会わなかったとしても、顔を合わせればきっと高校の頃に戻って楽しく話せるはずだ。

「今はそんなこと言うとっても、梅野やったら東京ですぐに仲のええツレができるやろからなあ。俺のこと忘れんなよ」

冗談まじりに明るく言うと、梅野は今度は屈託《くったく》なく笑う。

「忘れへんよ。当たり前やろ」

開士も笑った。知らず知らずのうちに考えていたのは、市村のことだった。

市村とは、梅野みたいにはいかん。

市村が後期試験に落ちてしまったら、と考えるだけでも怖い。

離れ離れになるのは嫌だ。これからもずっと一緒にいたい。


俺、独占欲強かってんな……。

昼間の梅野とのやりとりを思い返し、開士はため息を落とした。

風呂から上がったばかりの熱い掌《てのひら》の中にあるのは、携帯電話だ。つけているストラップは一年のとき、初めて二人で出かけた美術館で市村が買ってくれたものである。この二年、一度も替えていない。市村の携帯電話にも、色違いだがおそろいのストラップがついている。

二人が同じストラップをつけていることに気付いていた者は、梅野以外に何人いただろうか。

「おらんかったやろな……」

自室で一人、机に向かっていることを幸いに、開士はつぶやいた。

おそろいです！　て見せびらかした方がよかったんやろか。

そうすれば卒業式の後、市村がたくさんの女子生徒に囲まれることはなかっただろうか？

プラトニックな関係に、やきもきすることはなかっただろうか。

や、でも見せびらかしたとこで、仲ええんやなー、で終わったやろう。

椅子を回転させながら、もう何度目かわからないため息を零《こぼ》した開士は、あ！　と声をあげた。慌ててデスクの一番上の引き出しを開ける。

定規《じょうぎ》やハサミにまぎれそうになりながらもそこにあったのは、校章だ。

市村に渡してへんかった……。

初めて感じる独占欲に気をとられ、ポケットに入れておいたのをすっかり忘れていた。合格発表を見に行くときに渡せばよかったが、今度は結果が気になってそれどころではなかった。

そういや市村も、校章のことは何も言わんかった。

――まさか、誰かにあげたのだろうか。

卒業式の日に市村を囲んでいた女子生徒たちが脳裏《のうり》に浮かぶ。女性らしい丸みのある体つきをスカートの制服で包んだ彼女らは、市村に似合いの恋人に見えた。

「……あー、もー！」

開士は髪をかきまわした。乙女思考になってしまうのは、市村と付き合ってからずっとなので仕方がないとしても、ぐだぐだと答えの出ない疑問を考えているだけなのは性《しょう》に合わない。

「メールしよ、メール！」

嫌な考えを振り払うように声に出し、携帯電話を開く。

それを待っていたかのようにメールの着信音が鳴った。

画面に出た名前は、他ならぬ市村だ。

息を飲んだ開士は、携帯も折れよとばかりにメールを開くボタンを押した。

佐山、今何してる？　俺は休憩してます。もちろん、ちゃんと勉強してるから大丈夫やで。

優しい声が聞こえてきそうな内容に、気付けば市村の電話番号を呼び出し、発信ボタンを押していた。

休憩してるんやったら電話しても大丈夫や。

そんな言い訳をしながら携帯電話を耳にあてる。呼び出し音は一度だけで途絶《とだ》えた。

『佐山？』

開口一番名前を呼ばれ、じんと胸が熱くなる。

「あの、メールありがとうな。休憩してるて書いてたから、電話してもええかな思て」

やはり言い訳をするように言葉を並べると、携帯の向こうで市村が微笑む気配がした。

『そか。佐山の声聞きたかったから、電話してくれて嬉しい』

てらいのない物言いに、開士は赤面した。

そういうことをさらっと言うてまうとこが、やっぱりカッコエエ。

『佐山は今、何してた？』

「何も。部屋でぼーっとしとった」

『そうなんか？　合格したら一気読みする言うてたまんがはどないした』

「あ！　忘れてた！」

新刊を買うだけ買って、読まずにためておいたのだ。市村が不合格だったショックで、すっかり頭から飛んでいた。

『楽しみにしとったやろ。ゆっくり読め』

深く考えることなく口にした些細《ささい》な楽しみを覚えていてくれたこと。そして耳から入り込んでくる柔らかな声が嬉しくて、うん、と開士は素直に頷いた。

市村の声をもっと聞きたい一心で、携帯電話を耳に押し当てて言葉を紡ぐ。

「昼間、梅野と会《お》うてん。四月の頭に東京へ引っ越すんやて」

『そか。寂しいなるな』

「梅野もそう言うとった。今日あったかかったやろ。ジャケット着てたら暑いぐらいやったわ」

『確かに今日は、いかにも春って感じの天気やったな。隣のうちに梅の木があるんやけど、だいぶ綻《ほころ》んできてた』

「そうなんや。梅てええにおいするていうけど、ほんまにするんか？」

『ああ、庭に出たらええにおいする。紅梅《こうばい》と白梅《はくばい》が並べて植えてあって、見た目もきれいや』

下ネタ満載のバラエティ番組でも、こぼれんばかりの大きな胸が売りのグラビアアイドルでも、ましてや周囲の女性の話でもなく、梅の話をする十八歳の男二人。

普通に考えると、ありえない。

けど市村とやったら、そういうのもありや。

ひなびてはいるが、穏やかな季節の話題は、市村としかできない特別なものだ。話しているときに感じる、陽だまりでまどろんでいるような心地好さもまた、特別だ。

しかし、そんな風にセクシュアルなものとは縁がなさそうな市村だからこそ不安にもなる。

「市村」

無意識のうちに強く呼ぶと、電話の向こうで市村が驚いた気配がした。

『何や、どないした』

「あの、な」

うん？　と甘やかすように尋ねられ、開士は唇を引き結んだ。

市村は普段通りだ。試験に落ちて辛いとも言わないし、一人だけ受かった開士に苛立《いらだ》つ様子もない。八つ当たりもしない。改めて、市村はかっこいいと思う。

俺も普段通りにせなあかん。

「桜が咲いたら、二人で花見に行こう」

漸《ようよ》うそれだけ言うと、市村が微笑む気配がした。

『ああ、行こう。約束な』

「……ん、約束や」

包み込むような声音だったが、胸がズキリと痛みを訴《うった》えた。

優しいされてんのに痛いて、どういうことやねん。

どうやら自分で思っていた以上に不安がつのっていたようだ。前期試験が終わるまで、入試の結果がわかるまで、と市村の気持ちを確かめる期限を延ばし延ばしにしてきたところへ、卒業式で初めて覚えた独占欲に悩まされた。その上、市村が前期試験に落ちてしまったため、離れ離れになる可能性を無視できなくなった。不安がつのって当然である。

これ以上話しているとボロが出そうで、開士は殊更《ことさら》明るい口調で言った。

「邪魔してごめんな。またメールするわ」

『邪魔なんかやないで。声聞きたかったて言うたやろ』

「……そか？」

『そうや』

——胸が痛い。

「夜はまだ冷えるし、風邪とかひかんように気ぃ付けてな」

『佐山もな。あったこうして休めよ』

「うん。そしたら、おやすみ」

『おやすみ』

市村の囁きをしっかり耳に入れてから、切ボタンを押す。途端に深いため息が漏れた。

今し方まで声を聞いていたというのに、もう恋しい。

会えば、胸に渦巻《うずま》く不安を見抜かれてしまうかもしれない。開士の不安を知ったら、市村は動揺するかもしれない。

試験前にそんな事態になってはいけないとわかっているのに、とにかく市村に会いたかった。


閑静《かんせい》な住宅地に並んでいるのは、デザイナーが設計したと一目でわかるしゃれた家々だ。

あと少し行けば、市村《いちむら》の家がある。

とうとう乙女からストーカーになってしもた……。

市村に会える嬉しさから、いつも軽い足取りで歩く道だが、今日の歩調はこれ以上ないぐらい重い。ますます春めいてきた柔らかな日差しも、歩みを軽くしてはくれなかった。なにしろ、市村を訪《たず》ねる約束をしているわけではないのだ。彼が家にいるかどうかもわからない。

それでも来たのは、どうしても市村に会いたかったからだ。

電話で話してから二日が経《た》った。欠かさずメールはしているが、会ってはいない。一週間後に控《ひか》えた後期試験のことを考えると、会いたいとは言えなかった。

ジャンパーのポケットに突っ込んだ手の中で、小さな金属の塊《かたまり》を弄《もてあそ》ぶ。

校章渡しに行くだけや。渡したらすぐ帰るし。

そうして自分で自分に言い訳しながらここまで来た。渡すんは試験が終わってからでもええやろ、という更なるセルフツッコミは、敢えてなかったことにした。

何かもういろいろ終わってるな、俺……。

ため息を落として視線を上げると、白い壁とレンガ色の屋根が見えてきた。モダンな洋館という言葉がぴったり当てはまる建物は、市村の家だ。

市村は両親と彼の三人暮らしである。開士《かいし》が市村を訪ねるより、市村が開士の家へ来る方が多かったので、彼の母親とは数回顔を合わせた程度だが、いかにも市村の母らしい、おっとりした美人だった。

市村がおらんかって、おばさんが出はったらどないしよう。

今更そんなことを考えて、ただでさえ重かった足取りがいっそう鈍《にぶ》くなったそのとき、カラン、という音がした。市村の家のドアについている鐘の音だ。

うお、やべ。

咄嗟《とっさ》に電柱の陰に隠れてから、苦笑する。

悪いことをしているわけではないのだ。なにも隠れることはない。

改めて出ようとしたそのとき、そしたらまた、という女性の声が聞こえてきた。

電柱からそろりと顔だけを出した開士は、市村の家から若い女性が出てくるのを見た。年は二十代半ば《なか》といったところか。淡い色のスプリングコートが、細身の体によく似合っている。

「お忙しいときにお邪魔してごめんなさい」

ペコリと頭を下げた彼女に、ええんよ、と応じたのは見送りに出てきた市村の母親だ。

「こっちこそ、引き止めてしもてごめんなさいね」

「いえ、そんな。久しぶりにお話できて楽しかったです。あ、久則《ひさのり》君、見送りはええから。勉強の邪魔してごめんね」

女性の澄んだ声は、開士のところまではっきり聞こえてくる。

久則て、市村の名前や。

息を殺して見つめていると、その市村が中から出てきた。

「いえ、全然。ええ息抜きになったし」

端整《たんせい》な面立《おもだ》ちに浮かんだ笑みに、ドキ、と心臓が跳ねる。

同時に、卒業式の後と同じように強い感情が突き上げてきた。

そんな優しい顔するんは、俺の前だけにしてくれ。

「久則君、受験がんばってね。そしたらおばさん、失礼します」

再び母親に視線を移した女性は、もう一度頭を下げた。門を出る彼女を、市村と市村の母親はその場に立って見送っている。

開士はといえば、出したときと同じように、そろりと顔を引っ込めた。痛みを訴《うった》える胸の辺りを、上着越しに押さえる。

女の人に笑いかけてたからって何やねん。

高校のときにも、市村が笑みを浮かべて女子生徒と話しているのを何度も見た。そのときは何とも思わなかった。なにも手をつないだり、抱き合ったりしているわけではない。人とにこやかに話すのは、ごく普通のことだ。

わかっているのに、胸を焦《こ》がす独占欲は収まらない。

落ち着け俺。

努《つと》めて大きく深呼吸をしていると、佐山《さやま》君？　と呼ぶ声が聞こえてきた。市村の母親の声だ。

何で気付くんすかおばさん！　頼むし見逃してくれ！

思わず体を縮《ちぢ》めたが、無駄だった。佐山君、と確信を持ったようにまた呼ばれる。電信柱に隠しきれない、無駄に広い肩幅と長い脚が恨めしい。

「久則、佐山君や」

「え、ほんまに？」

市村が応じる声が聞こえる。

今更逃げ出すわけにもいかず、開士はそろそろと電信柱の陰から出た。

思い切って顔を上げると、ちょうど市村が門から出てくるところだった。

こちらを見た市村は、一瞬、秀麗な眉をひそめる。

――何やその顔。

思わず瞬《まばた》きをした次の瞬間には、市村はいつも通りの優しい笑みを浮かべていた。佐山、と呼ぶ声も柔らかい。

「こんなとこで何してんのや」

「あ、いや、その……、さっきの人は……」

「ああ、隣のうちの人。この前、梅の木が植えてあるて言うたやろ。そこんちの人や。結婚してうち出はることになったからて、挨拶《あいさつ》しに来はってん」

「そ、そうなんや」

意識しないうちに声に安堵《あんど》が滲《にじ》んで、開士は慌てた。市村が彼女に優しい顔をしていたからといって、彼女のことを好きだなんてありえない。疑う方がおかしい。

理屈ではわかっているのに、感情がついていかない。

「俺に会いに来てくれたんか？」

柔らかく問われ、開士はますます慌てた。

「や、あの、迷惑やし帰るわ！　ごめん！」

市村の手が腕にかかる寸前に踵《きびす》を返し、全力で駆け出す。

佐山、と呼ぶ声が追いかけてきたけれど、足は止めなかった。


家に帰ると、誰もいなかった。時刻は午後三時。父は会社、母はパート、姉はまだ出かけているらしい。

漸《ようよ》うキッチンにたどり着いた開士は、真っ先に冷蔵庫を開け、ミネラルウォーターを取り出した。グラスいっぱいに注《つ》いで一気に飲み干し、大きく息を吐く。

思いっきり全力疾走《しっそう》してしもた……。

しかも夢中だったので、駅に着くまで一度も休まなかった。開士は陸上部やサッカー部に負けず劣《おと》らずの俊足《しゅんそく》である。たとえ市村が追いかけてくれたとしても、とても追いつけなかっただろう。優《すぐ》れた運動能力と体力が仇《あだ》になってしまった。

ていうか俺、結局何しに行ったんや。

校章は渡しそびれてしまったし、後期試験を控《ひか》えた市村を励《はげ》ますこともできなかった。それどころか、まともに笑顔を向けることもできず、逃げるように帰ってきた。

「邪魔しに行っただけやないけ」

崩れるように椅子に腰を下ろすと、ひそめられたこげ茶色の眉が脳裏《のうり》に甦《よみがえ》った。

ズキ、と胸が強く痛む。

市村、何であんな顔したんやろ。

良く言えば困ったような、悪く言えば迷惑そうな表情だった。どちらにせよ、拒絶の範疇《はんちゅう》にあるあんな顔を向けられたことは、今まで一度もない。

そういえば合格発表を見に行く途中にも、市村は不安定な眼差しを見せた。開士だけが合格という予想外の結果にすっかり忘れていたが、あのときからおかしかったのかもしれない。

どっちにしてもショックや……。

奥歯をきつく嚙みしめたそのとき、玄関のドアが開く音がした。ただいまー、という姉の声が聞こえてくる。ほどなくしてキッチンに顔を出した彼女は、最近ずっと身につけているリクルートスーツではなくカジュアルな服装だった。開士を認めて、わずかに目を丸くする。

「何や、おったんか」

うんと頷いた開士は、できるだけいつも通りに、おかえり、と声をかけた。

「今日は就活《しゅうかつ》と違《ちご》たんか?」

「就活は休み。久しぶりに友達としゃべってきた」

言いながら、姉は手に提《さ》げていたビニール袋をテーブルに下ろした。たちまち食欲をそそる香りが、ふわ、と辺りに広がる。

「マルヨシのさつま揚《あ》げ？」

「そお。お母さんに頼まれてん。おやつに食べよう思《おも》て余分に買《こ》うてきたから、あんたも食べるか？」

「あ、うん。もらう」

会話する気分になれなくて、自室へ引っ込もうと腰を上げかけていた開士は、しかし再び椅子に座った。鼻歌まじりに手を洗う姉を見遣《みや》る。

そういや姉ちゃんて、けっこうもてるよな。

父親似の開士と違って、姉は母親似だ。小柄でぽっちゃりとしている。特別美人ではないものの、気の強い女性を好む男にもてるらしい。高校の頃から数えると、少なくとも三人と付き合い、別れているはずだ。恋愛に関しては、開士より経験がある。

「私は紅《べに》しょうがー。あんた枝豆でええやろ」

「なあ、姉ちゃん」

「何？　紅しょうがはやらんで。これ食べるん楽しみに帰ってきたんやから」

「や、枝豆でええ」

袋からさつま揚げを取り出した姉ににらまれ、開士は苦笑した。

「あ、そう。はい」

差し出された枝豆入りのさつま揚げを、ありがとうと礼を言って受け取る。ペーパー越しに伝わってきた温かさに、少しだけ気持ちが和《なご》んだ。

隣に腰かけた姉を、姉ちゃん、と改めて呼ぶ。

「久しぶりにカレシ、と違《ちご》てカノジョに会いに行ったとき、一瞬、引いた顔されるてどういうことやと思う？」

さつま揚げに豪快にかじりついた姉は、不審げな視線を向けてきた。

「あんた今カノジョおらんのやろ。何でそんなこと聞くねん」

「や、ちょっと、友達に相談されて……」

苦しい言い逃れだったが、姉はわずかに眉を動かしただけだった。開士から視線をはずし、そうやなー、と首を傾げる。

「別れる前兆《ぜんちょう》とちゃう？」

さつま揚げを頬張《ほおば》りながらつぶやいた姉に、えっ！　と開士は大きな声をあげてしまった。

「わっ、別れる？」

「せや。久しぶりに会うのに引くて、要するに嬉しいないってことやろ。気持ちが冷めてきた証拠や。そういうのって、どんだけ隠そう思ても行動に出てまうもんやし」

気持ちが冷めてきた証拠。

その言葉に心臓を射抜《いぬ》かれた気がして、開士は固まった。

気持ち、冷めてきたんやろか……。

キスはしても、それ以上は決してしない。したいとも言わないし、したい素振《そぶ》りも見せない。ただ優しくするだけ。

そんな、かわいいだけで欲望の対象にならないものに飽きたのか。

「いやいやいやいや！」

開士は思わず立ち上がって叫んだ。

突然の反応に、わ、と今度は姉が驚いて声をあげる。

「何や急に。どないしてん」

「何でもない！　さつま揚げごちそうさん！」

まだ一口も食べていないさつま揚げをテーブルに置き、開士はキッチンを飛び出した。

二階へと一気に駆け上がり、自室のドアを閉めると同時に、もう一度叫ぶ。

「いやいやいやいや！」

飽きたはないやろ！

バレンタインデーにはチョコレートを交換したし、キスもした。合格発表のときも、落ちた自分より受かった開士を思いやってくれた。最近でいえば、花見に行く約束もした。飽きた恋人と出かける予定など立てないはずだ。

ならば、なぜ市村は開士を見て眉をひそめたのだろうか。

市村らしくない、どこか不安定で虚《うつ》ろな眼差しを向けてきたのだろうか。
それはやっぱり飽きたからと。

「いやいやいやいや！」

ちゃうやろか、と続く自分の思考に、開士はかぶせてツッこんだ。声に出さないと、不吉な想像に押《お》し潰《つぶ》されそうだったのだ。

市村は後期試験を控えている。それで不安定になっているだけだ。

――たぶん、きっとそうだ。

絶対にそうだ、と断言できなかったせいか、また胸がキリリと引《ひ》き絞《しぼ》られた。耐《た》え難《がた》い痛みに、その場にしゃがみ込む。

「いて……」

付き合って二年、市村は常に優しかった。たとえ一瞬でも、嫌な顔をしたことはなかった。

今日の表情を見れば、彼の心に何らかの変化があったことは明らかだ。

再び心臓を襲った痛みに耐え切れず、低くうなったそのとき、ノックの音がした。開士、とドア越しに姉が呼ぶ。

「携帯、キッチンに置きっぱになってたで」

「ああ……、ありがと」

のろのろと立ち上がった開士は、少しだけドアを開けた。

うつむいたまま携帯を受け取る。すると、姉がため息をつく音が聞こえてきた。

「何があったか知らんけど、ちゃんと話し合《お》うた方がええで。て、友達に言うてやり」

「話し合《あ》うて……」

「気持ちが冷めたんと違《ちご》て、他に原因があるかもしれんやろ」

「たとえば……？」

つぶやくように尋ねると、えっと姉は声をあげた。ツッこまれるとは思っていなかったらしい。それでも、そんなん私が知るか、といつものように突き放すことなく言葉を紡《つむ》ぐ。

「えーと、うちの人の具合が悪いとか、飼《こ》うてるペットが行方不明とか」

市村の母親が元気なことは、自分の目で確かめた。隣人を家に上げて話していたのだから、父親が病気というわけでもないだろう。そして市村の家ではペットは飼っていない。――どちらも当てはまらない。

「まあとにかく、何かおかしい思うんやったら直接話した方がええて。な」

ポン、と肩を叩かれたが、開士は首を縦《たて》に振らなかった。振れなかったのだ。

せやかて直接話して、ほんまに気持ちが冷めたとかやったらどないすんねん！

返事をしない開士に怒る様子もなく、姉は階下へ戻っていく。

ドアを閉め、部屋に一人きりになった開士は、手にした携帯電話を見下ろした。

市村とおそろいのストラップが頼りなく揺れている。

市村、メール送ってきてるやろか……。

連絡があっても応対できる自信がなかったため、電車に乗るときに電源を切った。そのままオフになっていた携帯電話を開き、恐れ半分、期待半分で電源を入れる。

画面が明るくなって数秒後、メールの着信を知らせる電子音が続け様に鳴った。わずかに間を置いて、留守番電話に新規のメッセージがあることを知らせる音も鳴る。静かな部屋に響き渡ったそれらの音に、ビク、と全身が強張《こわば》った。

メールは四通届いていた。全て市村からだ。

一通目。どないした。何かあったんか？

二通目。これ読んだら、メールでも電話でもええから連絡ください。

三通目。大丈夫か？　連絡ないから心配してます。

四通目。今どこにおる？　大丈夫なんか？

四通目は、二十分ほど前に届いている。

どれも短い文章だったが、胸の奥がじわりと熱くなった。

ほんまに心配してくれてる……。

その熱に勇気をもらい、留守番電話を確かめるためにボタンを押す。

恐る恐る耳にあてた携帯電話から、案内の声が聞こえてきた。

録音されていたメッセージは、二件。

『市村です。メールの返信ないから電話した。せっかく会いにきてくれたのに急にどないしたんや。何かあったんやったら、メールでも電話でもええから連絡してくれ』

こちらを安心させようとしているのだろう、落ち着いた口調だった。しかし声そのものは、どこか不安げで頼りない。

続けて二件目を聞く。

『佐山、市村です』

今度の声は先ほどより、もっと不安定だった。

数秒、沈黙が落ちる。大きく息を吐く音がした。

『俺に言いたいことがあるんやったら、話してほしい。正直、今まで聞くんが怖《こわ》ぁて、入試が終わるまでは何も聞かんとこう思《おも》てごまかしてきた。ちゃんと向き合えんでごめんな。もうごまかしたりせんから、連絡ください』

決心したような物言いを最後に、メッセージが途切れる。

開士は瞬《まばた》きをくり返した。

何や今の、全然意味がわからん。

怖いて何が？　ごまかしてきたて、何を。向き合えてへんて、誰と？

入試が終わるまでて……。

「あ、やべ！」

開士は思わず声をあげた。市村はまだ後期試験を受けなくてはならないのだ。それなのに、余計な心配をかけて時間をとらせてしまっている。挙句《あげく》の果てに、何のことを言っているのかさっぱりわからないけれど、悲壮な決意までさせてしまった。

「何やってんねん俺は……！」

低く怒鳴った開士は、部屋をダッシュで飛び出した。

電話もメールも選択肢《せんたくし》になかった。

とにかく会おう。会って直接話そう。それしか解決法はない。

否《いな》、そんな理屈はきれいごとだ。

俺がただ、市村に会いたいんや。

数時間前、市村邸から駅まで全力疾走したように、開士は駅から市村の家まで全力で駆けた。一度は恨めしく思った己の優《すぐ》れた運動能力と、あり余る体力に感謝したことは言うまでもない。

とはいえ、自宅を出たのは四時頃だ。市村の家へたどり着く頃には、夕暮れの気配が漂《ただよ》い始めていた。昼間はなかった風が出てきて頬を打つ。が、全身が火照《ほて》っているため、冷たさは感じられない。

肩で息をしながら、開士はチャイムを強く押した。

しばらく待っていると、はい、とインターフォンから返事が聞こえてくる。市村の声だ。

「あ……、俺、佐山……」

荒い呼吸の合間に応じた次の瞬間、佐山！　と叫ぶ声がした。ブツ、と回線が切れたかと思うと、家の中から廊下を走る足音が響いてくる。刹那《せつな》、ドアが勢いよく開いた。

門の前にいる開士を認めた市村は、今まで見たことのない顔をした。

この上なく嬉しそうな、それでいて体のどこかがひどく痛むのを、必死で我慢しているような――、そんな湧き上がる激情を抑《おさ》えきれない表情に、胸をつかれる。

唐突に、目の奥がじんと痺《しび》れた。

何かわからんけど泣いてまう。

開士は衝動のまま、門扉《もんぴ》を乱暴に開けた。ドアの前で突っ立っている市村のところまで一息に駆ける。佐山、と呼ぶ声を遮るように、ほとんどぶつかる勢いで市村を抱きしめた。

腕に力を込めると同時に、バタン、と背後でドアが閉まる。

「ごめん、市村。ごめんな」

「……何で謝るんや」

くぐもった声が腕の中から尋ねてくる。

「勉強の邪魔してごめん。心配かけてごめん」

謝っているうちに感情が高ぶってきて、開士は早口で続けた。

「おまえに飽きられても、俺はおまえが好きや。市村がしとうないんやったらエッチせんでもええから、これからもずっと一緒におりたい。離れたない……！」

またしても目の奥が熱くなった。今度は堪《こら》える間もなく、涙が一筋、頬をつたってしまう。嗚咽《おえつ》をかみ殺すと、佐山、と呼ばれた。宥《なだ》めるように柔らかく背中を叩かれる。

「ちょっと、腕緩《ゆる》めてくれ」

「嫌や」

少しでも力を抜いたら、もう二度とつかまえられないかもしれない。

開士の恐れを察したように、市村はまた背中を優しく撫でた。

「どっこも行かんから」

「ほんまか……？」

「ほんまや、どっこも行かん。俺が佐山の側《そば》離れてどこ行くねん」

甘やかす物言いだったが、少し怒ったような響きが込められている。

そんな口調を聞くのは初めてで、開士は慌てて腕を解《と》いた。

市村は大きく息を吐いた。力加減もせず思い切り抱きしめたのだから、相当苦しかったに違いない。慌てて体を離そうとすると、逆にぐいと腕をつかまえられた。

強い光を放つこげ茶色の瞳が、まっすぐに見上げてくる。

「どこ行くんや。どっこも行くな」

「や、あの、どっこも行かんけど……」

やはり怒ったように言われて、それがたまらなく嬉しくて恥ずかしくて、開士は咄嗟《とっさ》に視線をそらした。アンティーク調の照明器具が目にとまる。

おお、いかにも市村んちって感じや。

「うわ!」

ここがどこであるかを思い出し、開士は後ろへ飛《と》び退《すさ》った。

派手な音と共に背中がドアにぶつかったが、痛みよりも焦《あせ》りが勝《まさ》る。

「ごごごごめん!」

「何で謝る」

開士とは反対に、市村は少しも慌てなかった。それどころか、開いた距離をつめてくる。

「せ、せやかて、ここ、おまえんちの玄関、中に、お、おばさんが」

「おふくろは出かけたからおらん。おふくろも親父も、今日は夜遅《おそ》うにしか帰ってこん」

「そ、そうなんや……」

早口で紡がれた説明に、開士はへたへたとその場に座り込んだ。

よかった。抱きしめるだけやのうて、がっつり好きとかエッチとか言うてしもたし……。

今更ながら頬が熱くなるのを感じていると、真正面に市村がしゃがんだ。

思いつめたような真剣な眼差しを向けられて、言葉を失う。

その強い視線とは裏腹に、頼りなげに伸ばされた手がぎゅっと開士の腕をつかんだ。

「俺は、聞かれてもよかった」

「え」

「好きや、佐山」

言うなり、市村は開士を抱きしめた。開士の方が五センチほど背が高いが、腰を下ろした状態では、立膝《たてひざ》の市村の方が大きい。

市村の腕にすっぽり包まれる感覚に、我知らず熱い吐息が漏れた。

あったかい。それに甘いみたいなええにおいする。

市村のにおいや……。

「俺も、好きや」

胸に湧いた愛《いと》しさのままに告げると、市村の腕に力がこもった。

「俺のこと、嫌になったんとちゃうんか？」

「えっ、何で？　そんなわけないやろ。——ていうか市村こそ、俺に飽きたんとちゃうんか？」

「そんなはずないやろ」

間髪《かんはつ》を入れずに答えた市村は、一度口を噤《つぐ》んだ。しっかりと開士を胸に抱いたまま、やがてためらいがちに話し出す。

「ちょっと前から、佐山の態度がおかしかったから。もしかしたら、卒業したら別れようとしてるんかな思《おも》て……。佐山の前ではカッコエエ男でいたかったけど、俺だけ試験に落ちてしもて、めちゃめちゃカッコ悪いし……。せやから、余計に嫌になったんとちゃうか思て……」

市村の肩口に顔を埋《うず》めたまま、開士は瞬きをくり返した。

俺の態度がおかしい？　そんなことないやろ。

市村の前で挙動不審になるのは、市村と付き合う前――彼に惹《ひ》かれてからずっとだ。ちょっと前、というのは当てはまらない。

いや、待てよ。

市村に触りたい欲求を自覚し、市村が自分に対して情欲を露《あらわ》にしないことを気にするようになってから、それまでとは違った反応をしてしまったかもしれない。どんなに隠しても、気持ちは行動に出てしまうと姉も言っていた。自分ではいつも通りにしているつもりだったが、市村は違和感を覚えたのだろう。

「や、あの、市村。それは誤解や」

市村の腕の中に収まったまま、開士は彼の背を柔らかく叩いた。

「おまえのことが嫌になったわけやないし、別れようとしてたわけでもない」

精一杯誠実な口調で言ったが、すぐには信じられないのか、市村は返事をしなかった。一向《いっこう》に緩まない抱擁《ほうよう》が彼の必死さを伝えてくる。

やっぱり、ちゃんと理由を言わんとあかんよな。

できれば言いたくないが、市村を安心させるためには仕方がない。

「俺がおかしい見えたんやとしたら、それはおまえが、俺に全然手ぇ出してこんで、不安になったからや。二年も何もせんっちゅうのは、ちょっと、ありえんていうか……。おまえは俺と、セッ、エッ」

セックスとエッチ、どちらを言おうか迷い、しゃっくりのような声を出してしまった。

結局、どちらも市村に言うのは恥ずかしくて真っ赤になりながら、ほとんど自棄《やけ》で怒鳴る。

「せやから、市村は俺をかわいいとは思ても、俺とはやりたないんかと思て！」

しん、と沈黙が落ちた。

——もしかせんでも引かれた？

うつむけた額に市村の視線を感じて、全身からどっと冷や汗が噴き出す。

頼むし何か言うてくれ！

開士の心の叫びが届いたのか、佐山、と市村が呼んだ。その声は、心なしか震えている。

「俺と、セックスしてもええんか？」

市村の口から出たセックスという直接的な言葉に、顔どころか耳まで赤くなるのを感じながら、開士はこくこくと頷いた。

「し、してもええ。ていうか、ずっとしたかった」

「……俺も、ずっとしたかった」

歓喜を滲《にじ》ませた声で告げられ、驚いて顔を上げる。

「そしたら何で二年も何もせんかってん！」

散々《さんざん》思い悩んできただけに、自然と責める物言いになってしまった。

すると今度は、市村の方が項垂《うなだ》れる。ごめん、と実に彼らしくない、蚊《か》の鳴くような謝罪が聞こえてきた。

「不安にさして悪かった。ほんま、ごめんな」

くせのない前髪のせいで表情は読み取れない。しかし市村が心の底から自分が悪いと思っていることは、肩に置かれたままの手の震えから直接伝わってくる。

何か俺が苛《いじ》めてるみたいやないか……。

や、けど市村も悪いやろ！

にわかに湧いた罪悪感と、まだ消えていない怒りの間に挟まれた開士は、うう、と小さくうなった。とにかく今は、市村にきちんと説明してもらうことが大事だ。

「なあ、何で何もせんかったんや」

できる限り抑えた口調で再び問うと、市村の体が強張った。

言おうか、言うまいか。激しく逡巡《しゅんじゅん》している気配がする。

が、市村は結局、重い口を開いた。

「佐山は俺と違《ちご》て、普通に女の子と付き合える男や。俺にかわいいて思われるん、客観的に見たら、やっぱり気色悪いやろ。それやのに、抱きたいなんて言うたら……、完全に嫌われるんとちゃうか思て……」

今まで一度も聞いたことがない苦しげな物言いに、開士は留守番電話に残されていたメッセージを思い出した。

正直、今まで聞くんが怖ぁて、入試が終わるまではって思てごまかしてきた。ちゃんと向き合えんでごめんな。

市村は、おまえに抱かれるのは嫌だと拒絶されるのが怖かったのだ。嫌がることを無理強《じ》いして離れてしまうぐらいなら、いっそしなくてもいい。——市村なら、そんな風に考える気がする。だからこそ、二年間もプラトニックな関係を貫《つらぬ》いたのだろう。小学生の頃、初恋の相手に植えつけられた劣等感《れっとうかん》は、開士と付き合ってもまだ拭《ぬぐ》いきれていなかったようだ。

アホやなあ……。

ちらとも顔を上げないくせに、開士の肩に置いた手は離そうとしない市村に、愛しさが湧き上がってくる。

その一方で、先ほどとはまた別の意味で腹が立った。

いまだに市村を縛りつける初恋。二年間、ずっと側にいたのに、開士の気持ちを信じられなかった市村。そして、市村の不安を消してやれなかった己自身。

全員アホや。全員腹立つ。

「かわいい思われるんが気色悪かったら、二年も付き合わへん」

ぶっきらぼうに言うと、市村の肩が揺れた。

「そうかもしれんけど……」

「顔上げろ、市村」

開士の強い命令に従《したが》い、市村はそろそろと顔を上げた。恐れるような仕種《しぐさ》とは裏腹に、二重《ふたえ》の双眸《そうぼう》は開士をまっすぐに見つめてくる。どんなことを言われても、全て受け止めようとしている目だ。

そういうとこは、やっぱりカッコエエ。

怒りが瞬《また》く間に愛しさへ変換されるのを感じながら、開士はきっぱり言った。

「俺は、おまえに触ってもらいたい。ずっと触ってもらいたかった」

市村は息を飲んだ。こく、と喉《のど》が鳴る音がはっきり聞こえてくる。

「……俺、かなりカッコ悪いぞ。佐山が思てるより、ずっと臆病《おくびょう》や。それにやっぱり、一般的に考えたら、普通とは違う。そんでも、俺が抱いてええんか？」

不安げに揺れた眼差しに、胸がしめつけられる。

たまらない気持ちになった開士は、衝動的に市村の唇に己の唇を押しつけた。触れるだけとはいえ、乱暴なキスになる。

肩に触れていた市村の手が、びく、と反応した。

物言いたげな表情を正面から見据え、ゆっくり言葉を紡ぐ。

「普通とちゃうから、俺のこと好きになって、俺とやりたいて思うんやろ？　俺は、市村に好きになってもらえて嬉しい。市村に抱いてほしい」

市村が息をつめた気配がした。

次の瞬間、開士がしたキスに負けず劣《おと》らずの、勢いに任せた乱暴なキスをされる。

が、市村は触れるだけでは終わらなかった。薄く開いていた唇の隙間を舌先で舐められたかと思うと、濡れた感触が口内に忍び込んでくる。

いいい、市村の舌が俺の口ん中に！

誘うように舌先を撫でられると同時に、パン、と頭の中で何かが弾《はじ》けた。

「んっ……」

声を漏らしたのは、どちらだったのか。

気が付いたときには、夢中で口づけていた。

舌をからませて舐めて、同じだけ舐められる。それでも足りなくて角度を変え、唇を深く結び合わせる。わずかに開いた唇の隙間から、淫《みだ》らな水音があふれた。しかし己の心臓の音と互いの荒い息遣いの方がうるさくて、そんなものを気にする余裕はない。

「ん、んう」

頬に添えられていた市村の指に耳や頤《おとがい》をまさぐられ、開士はくぐもった声を漏らした。濃厚な口づけだけでなく、絶え間なく愛撫される感触にも、寒気に似た痺《しび》れを感じる。

「い、市村……、んん」

息継ぎのために離れた唇で呼んだものの、すぐにキスで遮《さえぎ》られてしまった。あまりの気持ち良さと熱さに、くらくらと目眩《めまい》がする。

このまま続けたら動けんようになってまう。

残りわずかな理性をかき集め、市村の肩を強めに叩く。

すると、ようやく唇が離れた。は、と甘い吐息が漏れる。

薄く開いた目に、互いの舌と舌を直接つなぐ細い糸が映った。

どちらのものともしれない唾液《だえき》で濡れた市村の唇を、市村自身の赤い舌がペロリと舐める。

――あ、やべ。今ものごっつきた。

「どないした。嫌か……?」

情欲に濡れた声で尋ねられ、ぎゃ！　と内心で悲鳴をあげる。

その声エロすぎや市村！

「こ、これ以上は……、ここでは、ちょっと……」

おおおお、俺の声もエロい！

ぎくしゃくと目をそらすと、ああ、と市村は照れたように頷いた。

「ごめん。佐山があんまりかわいいから、夢中になってしもた」

蕩《とろ》けるような笑みを浮かべた市村は、横を向いていた開士の耳に、ちゅ、と触れるだけのキスをした。

「二階行こ」

直接吹き込まれた囁きに、開士はまた目眩を感じた。

エロい市村もカッコエエ……。


市村に手をひかれ、開士はどうにかこうにか彼の自室へたどり着いた。

ドアを閉めた市村が、いきなりトレーナーを脱ぎだしたのでうろたえてしまう。視線のやり場に困りつつ、一応自分も上着を脱いでいると、市村はあっという間に上半身を露にした。

想像していたよりもずっと筋肉質でひきしまった体に、目が吸い寄せられる。

三年間、別のクラスだったせいで、体育の時間の着替えで一緒になることはなかった。また、二クラス合同で行われる水泳の授業も一緒にはならなかった。だから彼の上半身を見るのは、これが初めてだ。

俺のが逞《たくま》しいけど、市村もかなりええ体や。

開士の視線に気付いたのか、市村は照れくさそうに笑う。

「佐山とちょっとでも釣《つ》り合《あ》うように鍛《きた》えてん」

「そうなんか？　そんなんせんかて、市村は充分カッコエエのに」

見惚《みと》れていたせいで、思わず本音を漏らしてしまった開士は、市村が目を見開いたことに気付いて慌てた。

せっかく市村ががんばって体作ったのに、否定するようなこと言うてしもた！

「や！　もちろん鍛えた体もカッコエエけど」

ど、と語尾を発すると同時に、両腕を強くつかまれた。ぼんやり突っ立っていたので勢いを殺すことができず、そのまま後ろによろめく。

「わ、と、うわ！」

背中に柔らかな感触を感じて、開士は咄嗟《とっさ》に閉じた目をゆっくり開けた。

熱を孕《はら》んだ真剣な眼差しを注《そそ》がれ、息を飲む。ベッドに押し倒された状態では、身長差など関係ない。見慣れているはずの市村の整った面立ちが、真上から見下ろされるというかつてない態勢のせいか、別人のように見えた。

カッコエエのはカッコエエんやけど、カッコエエの種類が違うっちゅうか。

どちらかといえば中性的な美しさを持つ市村だが、今はひどく男っぽく感じられる。

「あんまりかわいいことばっかり言わんといてくれ。途中でやめてくれ言われても、やめれんようになってまう」

「やめてくれなんて言わんて」

「ほんまか？　今から何するか、ちゃんとわかってるか？」

もしかしたら性欲がないのかもしれないとまで疑ったこともある恋人の問いかけに感慨《かんがい》を覚えながら、うんと頷く。

「わかってる。俺も、いろいろ調べたから」

「俺とするために？」

遠慮がちに問われて、開士はまじまじと市村を見上げた。

おまえとするために決まってるやろ、俺が他の誰とするっちゅうねん。

あきれる気持ちとわずかの怒りは、市村の不安げな表情を前にしてかき消えた。かわりに痛いような愛しさが胸に湧く。市村の中には開士を組み敷いても尚、今の状況を信じられない気持ちがあるのだ。

カッコエエけど、かわいい。

「市村としたかったから、市村とするために調べた」

不安を取り除いてやるために、はっきり言葉を紡ぐ。

市村は目を見開いた後、泣き笑いのような表情を浮かべた。

「……好きや、佐山」

囁いた唇が首筋に落ちてくる。軽く歯をたてられ、くすぐったさに笑った後、開士は固まった。全力疾走を二度もして、それなりに汗をかいたことを思い出したのだ。

「あ、あの、市村」

「何や」

「シャ、シャワーとか」

「気になるか？」

「や、おまえのは全然気にならんのやけど、俺、さっき汗かいたから、て、嗅《か》ぐなー！」

首筋にすりつけた鼻で、くん、とにおいを嗅いだ市村に慌てる。

しかし市村は悪びれる様子もなく、満足そうなため息をついた。

「ええにおいする」

「ええにおいって……」

「焼きたてのパンみたいな、香ばしいにおい。ええにおいや」

うっとりした物言いに赤面していると、市村の手がシャツのボタンにかかった。緊張しているのか、急《せ》いた仕種のわりにボタンはなかなかはずれない。

手持ち無沙汰《ぶさた》になった開士は、シーツに投げ出した両手を所在《しょざい》なげに握ったり開いたりした。うるさいほど騒いでいる心臓を落ち着かせるために、自分も何かしたかったが、生憎《あいにく》市村はトレーナーを脱いでしまっている。かといって、ただ市村を見ているのも恥ずかしい。

俺はいったい何をすれば……。

明後日《あさって》の方に視線を飛ばしていた開士は、胸の先端に濡れた感触を感じた。

「っ！」

初めての感触に驚いて自《みずか》らの胸に目をやると、市村がそこに口づけていた。

ぎゃ！　と叫びそうになるのをどうにか堪《こら》えている間に舌の上で転がされ、きつく吸われる。

同時に、開士とそう変わらない大きな掌《てのひら》が、脇腹や鳩尾《みぞおち》を撫でてくる。

視覚と触覚に飛び込んできた市村の愛撫に、自然と息が浅くなった。

何じゃこりゃ。めちゃめちゃ気持ちいい。

そんなところで感じるなんて、という驚きはなかった。市村の部屋で、市村のベッドに横たわっているのだ。彼のにおいに包まれているだけでも興奮するのに、愛撫されて感じない方がおかしい。

熱を逃がすように短く息を吐くと、腹を撫でていた手が、もう片方の胸の尖《とが》りをかすめた。

指先で軽く触れられただけで、痛いような甘い痺れがそこに生まれる。

息をつめてその刺激をやりすごそうとすると、きゅ、とつままれた。

「いっ……」

それほど力を込められたわけではなかったにもかかわらず、声をあげてしまう。

声の甘さから痛くて出た悲鳴ではないと悟《さと》ったらしく、市村は胸の尖りを愛撫し続けた。もちろん、浅黒い肌を撫でまわすのもやめない。すっきりとした形の良い唇は、もう片方の胸の粒《つぶ》を含んだままだ。時折漏れてくる小さな水音と市村の熱い吐息、そして次第に荒くなる己の息遣いが重なり合い、耳の奥で淫《みだ》らにこだまする。

市村にされてるっちゅうだけでもやばいのに、そんな、いろんなとこ触られまくったら。

「はぁ、は……」

下半身に熱が溜まるのを感じて、上体を捩《よじ》る。

その動きを、市村は見逃さなかった。脇腹を撫でていた手を止め、ジーンズに包まれたままの劣情《れつじょう》に触れる。

「ちょ、待っ」

「硬《かた》なってる……」

布越しにやんわりと揉《も》まれ、あ、とたまらずに声が漏れた。

触られてから初めて、はっきり嬌声《きょうせい》とわかる声を出したからだろう、市村の愛撫が止まった。上半身を伸ばし、至近距離で覗き込んでくる。

涙で滲んだ視界に映ったのは、上気した市村の顔だった。

白い頬はほんのりと桜色に染まり、こげ茶色の瞳は情欲を映して潤《うる》んでいる。

うわ、めっちゃ色っぽい。

そして想像していたよりもずっと、精悍《せいかん》で男っぽい。

ぼんやり見惚れていると、市村にキスをされた。

「かわいい、佐山」

「なっ、俺は」

吐息まじりの囁きに我に返った開士は、かわいいことなんかない、と言いかけた。が、市村に唇を塞《ふさ》がれてしまい、言葉を続けることができない。

「んっ……」

濡れた感触が、ためらうことなく口内に侵入《しんにゅう》してきた。開士も大胆に歯列《しれつ》を開き、市村を迎え入れる。濃厚《のうこう》な口づけに、喉《のど》の奥からむずかるような声が漏れた。しかし市村の唇は飽くことなく、開士の唇を深く貪《むさぼ》る。開士も市村の首に腕をまわし、夢中でその唇を味わう。

息が苦しい。けれど信じられないほど気持ちいい。

それに、たまらなく興奮する。

無意識のうちに腰が揺れた。同時に、ちゅく、と淫らな音をたてて唇が離れる。

物足りなさを感じて閉じていた瞼《まぶた》を薄く開くと、ベルトが緩められたのがわかった。間を置かず、ジーンズを下着ごと引き下ろされる。

たちまち息づいていたものが頭をもたげた。

「あ……」

快感でぼんやりとしていた開士も、痛いほど視線を感じて、さすがに羞恥《しゅうち》を覚える。

咄嗟に隠そうとした手よりも早く、市村がそこに触れた。

「あっ……！」

直接与えられた刺激に、たまらずに声が出る。

それが合図になったように、市村は既に濡れていた劣情を丁寧に愛撫し始めた。

あふれたものが市村の指を濡らすのを目《ま》の当たりにして、ひいい、と開士は心の内だけで悲鳴をあげる。自分以外の誰かがそこに触れるのは初めてだから、市村が上手《うま》いのか下手《へた》なのか、わからない。それでも市村の手だというだけで、ひどく感じてしまう。

やばい。すぐにでもいってまいそうや。

俺だけいくて、めっちゃ恥ずかしい。

「い、市村、ちょ、待ってくれ」

「嫌か？」

「や、やない、けど、待って、あっ、まっ、待てっちゅうとるやろがァ！」

激しくなる一方の愛撫に負けそうな自分を叱咤《しった》し、開士は吠《ほ》える勢いで怒鳴った。そうしないと、流されてしまいそうだったのだ。

市村はハッとしたように開士の劣情から指を離した。不安そうに眉を寄せてこちらを見つめてくる。

その顔はかわいいけど、この状況では微妙に腹立つ……。

「嫌やったか？」

「せやから、嫌やないて、言うてるやろ……。嫌やったら、こんなにならんわ……」

張りつめて震えている己自身にちらと目をやると、市村はほっと息をついて微笑んだ。

くそ。やっぱりかわいい。

「俺ばっかりは、嫌や。おまえのも、触りたい」

愛撫は止まっても、快感は止まらない。開士は息を荒くしたまま体を起こし、市村のジーンズに手を伸ばした。

が、ひきしまった腰は慌てたように後ろへ逃げる。

「無理せんでええて」

「無理ちゃう、触りたい。触らしてくれんかったら、俺のも、触らせんからな」

精一杯怖い顔をしてにらんだつもりだったが、市村は蕩けそうな笑みを浮かべた。

「かわいいな、佐山」

「なっ、どこが」

かわいいねん、と先ほども言いかけた言葉を、開士は自ら飲み込んだ。

衣服を取り払われた体は、随分と逞《たくま》しい成人男性のものだ。広い肩、筋肉質な長い腕、逆三角形にひきしまった上半身、スラリと伸びた脚。そして、如実《にょじつ》に欲を表した性器。どこをとってもかわいいとは表現できない。

けど市村は、こういう俺をかわいい思うんや。

今更のように実感して、なぜかひどく恥ずかしくなる。

「そんなんええから、触るぞ」

顔が真っ赤になっているのを感じつつ宣言した開士は、市村のジーンズに手をかけた。

市村も今度は逃げず、じっとしている。

わずかに震える手を励まし、開士はジッパーを下ろした。えいや、とばかりに下着ごと引き下ろす。布地が擦《こす》れたのだろう、く、と市村が喉《のど》を鳴らした。

露になった市村の劣情を、開士は思わず凝視《ぎょうし》した。

もともと色素《しきそ》が薄いせいか、それとも単に体質なのか。開士のものに比べてきれいな色のそれは、しかし開士に負けず劣らず高ぶっていた。市村のそれには一度も触れていないから、開士の体を愛撫しただけで、ここまで育ったことになる。

何か、凄《すご》い感動や……。

引き寄せられるように手を伸ばし、開士は猛《たけ》ったものに触れた。ぴくりと反応が返ってきて、もっと触りたい欲が湧いてくる。思い切って掌で包み込むと、市村が微かにうめいた。佐山、と色を帯《お》びた声が呼ぶ。

「俺も、触ってええか？」

「え、あ、うん」

慌てて頷くと、市村の手が待ちかねたように開士の劣情をとらえた。

早速愛撫し始めた彼に負けじと、開士も手を動かす。

腰に生じる甘い熱と、掌の中で高ぶってゆく市村が与えてくれる快感。両方を同時に感じて、息があがる。一方的に愛撫されているのとは異なり、感じさせているのだという興奮が、否《いや》が応《おう》にも官能を高める。

二年間、一緒にいたけれど、こんなに近くに市村を感じたことはない。

「いち、むら、俺、もっ……」

「ん、俺も……！」

達したのは開士の方が早かった。わずかに遅れて市村も精を放つ。

どちらのものともしれない熱い迸《ほとばし》りが腹や胸に散って、強烈な快感に侵《おか》されていた体が、びくびくと跳ねた。

信じられんぐらい気持ちよかった……。

荒い息のまままきつく閉じていた瞼を開けると、ちょうど市村も視線を上げたところだった。

開士と視線を合わせた市村は、照れたように笑う。

「佐山の手、気持ちよかった。触ってくれてありがとう」

「俺が、触りたかったんやから……。礼なんか言わんでええ」

恥ずかしさのあまり、ぶっきらぼうな物言いになってしまったが、市村は少しも気にしなかったらしい。ちゅ、と音をたてて唇にキスをされた。

「ほんまにかわいいな、佐山は。それに優しい」

ちゅ、ともう一度触れるだけのキスをした市村は、ニッコリ笑った。快楽の余韻《よいん》が残る上気した面立ちに浮かんだその笑みは、愛しいものを見つめる男のそれだ。

おおおお、カッコエエ。

陶然《とうぜん》と見惚れていると、ベッドに柔らかく押し倒された。間を置かず、今度は撫でるようなキスをされる。

唇を離した市村の目には、隠しきれない情欲が滲んでいた。

その色を見ただけで、ぞく、と寒気に似た甘い痺れが背筋を走る。

「やめてほしかったら、途中でもええから言えよ」

優しい口調だったが、さすがに少し緊張してきて、開士は無言で頷いた。

微笑んで頷き返してくれた市村は、なぜか一旦開士から離れた。不思議に思って目で追っていると、引き出しの中から何かを取り出し、すぐに戻ってくる。

「できるだけ、痛ないようにするからな」

掠れた声で囁いた市村の手の中にあるものに、目が釘付《くぎづ》けになった。

ローションとコンドーム。

市村とのセックスを想像していたくせに、つながるために必要な物を実際に購入する発想は、開士にはなかった。

「市村、大人やな」

思わずつぶやくと、市村はくすぐったそうに笑う。

「ちょっとでも佐山の負担を軽《かる》うしたいから」

「そか。ありがとう」

「礼を言われるようなことやない。当然のことや」

さらりと言ってのけた市村に、カッコエエ、とまたしても見惚れる。

開士を安心させるように、額《ひたい》に柔らかなキスを落とした市村は、ローションを掌に垂《た》らした。

とろりとしたそれに目を奪われている間に、開いていた脚の奥に手が入り込んでくる。

「っ！」

ひんやりと冷たい感触に、反射のように体が震えた。自身のその動きのせいで、市村の指先が後ろへわずかに入り込んでしまう。

ぎゃ、と叫びそうになった口を、開士は慌てて手で塞いだ。

怖くはないが、体の反射は止められない。それに、自分でもろくに触ったことも見たこともない場所に市村が触れていると考えるだけで、激しい羞恥と緊張を覚える。

「大丈夫か？」

一度指を引いた市村に心配そうに問われ、こくこくと頷く。

市村はほっと息をついた。そして再び侵入を開始する。

はじめは指先で入口を撫でて解《ほぐ》すだけだった。恥ずかしくてたまらなかったけれど、その違和感にはすぐに慣れる。

これぐらいやったら、全然大丈夫や。

幾分《いくぶん》か余裕を持ったその瞬間、第二関節の辺りまで入れられた。

「う……！」

信じられないほどの息苦しさに襲われ、歯を食いしばる。指が動き出した途端、内臓が押し出されるような圧迫感が襲いかかってきた。苦しい。気持ちが悪い。嬌声ではなく、うめき声をあげそうになる口を必死で押さえる。

市村以外の奴にこんなんされたら、絶対我慢でけん。

覆《おお》いかぶさる体を跳ね飛ばして蹴《け》りを入れ、何するんじゃこのボケ！　と罵声《ばせい》を浴びせているることだろう。おとなしく横になっているのは、ひとえに相手が市村だからだ。

そう、市村が好きだからだ。

「佐山、息して」

心配そうに促され、開士はつめていた息をゆるゆると吐き出した。が、苦痛は減らない。

……くそ、全然気持ちようならんやないか。こんなんで市村の入るんか。

本気で疑いかけたそのとき、中で鉤《かぎ》状に曲がった指が、ある一点を押した。

刹那《せつな》、電撃のような刺激に貫《つらぬ》かれた体が大きく跳ね上がる。生まれて初めて経験する強い感覚に、ヒュ、と喉が鳴った。

「ここ？　気持ちぇえ？」

再びそこを強く押され、開士は甘い悲鳴をあげた。前を直接刺激されるのとはまた違う、激烈ともいえる快感に、声を抑《おさ》える余裕などない。

確信を持ったらしく、市村は積極的に指を動かし始めた。

「ん、あぁ、そこ、嫌や」

自分の声ではないような、ひどく色めいた嬌声が次々にあふれる。羞恥を感じる理性は、痛いほどの快感によって瞬《また》く間に奪われた。感じたままの声をあげ、その合間に、市村、市村、と縋《すが》るように恋人の名を呼ぶ。

いつのまにか、出入りする指の数は三本に増えていた。指が自在に動く度《たび》、ローションが淫《いん》猥《わい》な水音をたてる。愛撫を受け入れやすいよう、自然と大きく脚が開いていた。中心にある劣情が、触れられていないのに再び高ぶってくる。

気持ちいい。熱い。溶ける。おかしなる。

なす術もなくシーツを握りしめて喘《あえ》いでいると、ふいに全ての指を引き抜かれた。

「あっ……！」

息苦しさは解消されたものの、今し方まで指を飲み込んでいた体の奥は、焼けるような熱をもったままだった。――否、ただ熱いだけではない。まだそこに指が入っていて、かき乱されているかのように、内部が蠢《うごめ》いている。たっぷりと注がれたローションが微かに音をたて、その動きが気のせいではないことを伝えてくる。

どうしていいかわからなくて、開士は喘《あえ》ぎながら市村を探した。

佐山、と呼ばれてほっと息をついたのも束《つか》の間《ま》、膝の裏を強い力で抱え上げられる。痺れを訴《うった》え続ける後ろが外気にさらされ、開士は咄嗟にもがいた。恥ずかしかったからではなく、そこがまた艶《なま》めかしく収縮《しゅうしゅく》したからだ。

佐山、と再び呼ばれて薄く目を開けると、市村の顔がぼんやりと見えた。涙で滲んで表情はよくわからないが、注がれた視線の一途さだけは、はっきりと伝わってくる。

「入れるぞ」

優しげでありながら、どこか獰猛《どうもう》さを感じる物言いに、開士はこくりと頷いた。嫌だとも、怖いとも思わない。こんなにまっすぐ見つめてくる相手を、嫌がったり怖がったりする方がおかしい。

露になった場所に猛《たけ》ったものがあてがわれた。間を置かず、それは開士の中に入ってくる。

「いっ……！」

充分に蕩かされていたからだろう、そこは案外スムーズに市村を受け入れてゆく。

とはいえ痛みがないわけではなかった。入口を限界まで拡《ひろ》げられ、体の奥を押し開かれる感覚は、想像を絶する苦しさだ。膝を胸につけた体勢も、息苦しさに拍車《はくしゃ》をかける。

これ以上はあかん！　無理無理無理無理！

「いち、むらっ……、も、やめっ……！」

覚悟していたつもりだったのに、開士は早くも音《ね》を上げた。

先ほどまで与えられていた狂わんばかりの快楽と、今与えられている凄まじい苦痛。両極端の刺激を受けた体と心では、涙を堪《こら》えることができない。すすり泣きながら首を横に振る。

「抜け……、抜いて、くれ……！」

「ごめん……」

謝った市村の声も、ひどく苦しそうだ。

おまえも辛いんやったら抜け！　今すぐ抜け！

息をつめてその瞬間を待つものの、体の奥深くまで入り込んだ熱の塊《かたまり》は出ていってくれない。

「市村っ……！」

「佐山……、佐山。ゆっくり、息吸うて」

掠れてはいるものの、優しい声が囁く。

あまりの痛みと苦しさに朦朧《もうろう》となった開士は、言われた通りに息を吸った。

「ゆっくり吐いて」

やはり言われた通りにゆっくり吐くと、幾分か圧迫感が和《やわ》らいだ。体が楽になることに気付いて、ひたすら深呼吸をくり返す。ガチガチに強張っていた全身が、次第に解《ほぐ》れていくのがわかった。苦痛はあるが、耐え切れないほどではない。

ちょっと楽になったかも。

尚も深く息を吐きながら、きつく閉じていた瞼を開けると、視界に市村の顔が飛び込んできた。

心配そうに覗き込む端整な面立ちは、一方で、情欲に濡れて上気してもいる。額から流れ落ちた汗が、うっすらと赤く染まった頬を、つ、とつたうのが見えた。

めっちゃ気持ちよさそうや……。

我知らず見惚れていると、市村が微笑んだ。そして開士の髪を優しく撫でる。

「大丈夫か……？」

ん、と頷く。子供のように泣きわめいた自分が恥ずかしい。

「大丈夫や……、ごめん……」

「謝るんは俺の方や。辛いやろ」

「辛いけど……、ちょっと、慣れた……」

うんと頷いてみせ、もう一度深呼吸する。圧迫感が減ったせいだろう、腹の中で息づくものが、よりリアルに感じられた。

これ、市村のなんや。

俺は今、市村とつながってる。

そう思うと、切ないような幸せなような、何ともいえない気持ちになった。

少しでも苦痛を和らげようとしているのか、髪を撫で続けてくれている市村を見上げる。

真剣な表情がそこにあって、ぎゅ、と胸が痛んだ。

「な、市村……、ゆっくり、動いてみ……」

「けど……」

「ええから、動けて」

じっとしているだけの状況が辛いのは、開士も男だからわかる。

「ちょっとずつやったら、平気やから……」

笑んでみせると、市村はようやく頷いた。

が、彼が動かしたのは髪を撫でていた手だった。おもむろに下へ伸びた指先が、すっかり萎《な》えていた開士の劣情をつかむ。

「ちょっ、そこと違っ」

「俺だけ気持ちようなっても、意味ないやろ」

「そら、そうやけど、あかん、て、さわ、触んな」

「何であかんの」

市村の愛撫によって、そこはみるみるうちに力を取り戻していく。それだけならいいのだが、

市村を包み込んでいる内壁も、愛撫に連動して収縮をくり返す。

痛くて苦しいのに、気持ちがいい。

「そこ、触られると……、中、中がっ……」

内部の淫靡《いんび》な動きのせいで感じてしまい、びく、と背筋が反《そ》り返った。あ、と嬌声が漏れ、意識とは別のところでまた中が蠢《うごめ》く。

「佐山、動くぞ」

情欲が滲んだ声で宣言されたかと思うと、市村は愛撫を続けたままゆっくり動き出した。

「待っ、あ、あぁ」

前と後ろで生じる快感に耐え切れず、開士は色めいた声をあげた。引き抜かれては押し入られる苦痛から逃れようとしているのか、あるいは更に快感を得ようとしているのか、自然と腰が揺れる。市村の動きが激しくなるにつれ、その揺れは確実に快楽を貪《むさぼ》るものへ変わった。

己の嬌声と市村の荒い息遣い、市村に愛撫されている前からあふれる微かな水音、そしてつながった場所から漏れる粘着質《ねんちゃくしつ》な音。それらがひとつの淫靡な響きとなり、聴覚をも侵《おか》す。

「市村、市村っ……」

「佐山……!」

掠れた声で呼ばれると同時に、開士は熱を放った。同時に、体内で市村も達する。

……凄い。市村がめっちゃ近くにおる。

どこにも力が入らなくて、ぐったりと四肢《しし》を投げ出した開士は、我知らず満足のため息を落とした。


開士《かいし》は広い部屋にいた。

机と椅子が整然と並んでいる。正面には黒板。壁際に並んでいるのは白い石膏像《せっこうぞう》だ。部屋の後方には、イーゼルがいくつか立てられていた。窓から差し込む穏やかな陽光に照らされたそれらは、板張りの床に長い影を落としている。

どうやら高校の美術室のようだ。本当なら馴染《なじ》みのない場所だが、市村《いちむら》が美術部に所属していたため、何度も足を運んだので、思い出深い。

市村はおれへんのかな。

彼を探して視線をめぐらせると、いつのまにかイーゼルの前に市村が立っていた。

高校の制服を着ている。見慣れた市村だ。

しかし整った面立《おもだ》ちに表情はない。

こちらをじっと見つめていた彼は、ふいに口を開いた。

冗談や。男同士やのにキスするておかしいやろ。

無闇に明るい口調とは反対に、こげ茶色の双眸《そうぼう》は不安定に揺れている。

切ないような、愛《いと》しいような感情が胸をきつくしめつけた。

アホやな。俺にそんな嘘つかんでええ。

そう言って笑って、開士は市村を抱きしめるために両腕を伸ばした。


ずしりと心地好い重みが上半身にかかる。

ハッとして目を開けると、視界に飛び込んできたのは白い天井だった。

自室の天井より、幾分かクリームがかっている。

「……？」

見覚えのない色に、開士は眉を寄せた。

ここどこや。美術室におったんやなかったんか。

市村はどこ行った？

ぼんやり瞬《まばた》きをしていると、佐山《さやま》、と呼ぶ声が耳元から聞こえてきた。無意識のうちにしっかりと抱きしめていたのは、市村だったのだ。

「あ、ごめん」

慌てて腕の力を緩《ゆる》めると、市村はゆっくり体を起こした。しかし離れようとはせず、心配そうに眉をひそめて覗き込んでくる。

「急に抱きついてくるからびっくりした。嫌な夢でもみたんか？」

「ん？　いや……」

大学へ合格発表を見に行く途中で、市村が一瞬見せた不安定な眼差し。

どこかで見たと思ったが、まだ好きだと告白すらしていなかった頃、美術室で市村が見せた眼差しとそっくりだったのだ。ごまかしきれない不安な気持ちが、瞳に映し出されていた。

「なあ、市村」

「うん？」

「キスさして」

「……して、やのうて、さして、なんか？」

「うん。俺がしたいから」

開士の言葉にさも嬉しそうに笑った市村は、すぐに顔を伏せてくれた。

首筋を抱き寄せ、唇を合わせる。

触れるだけで離した開士は、市村のこげ茶色の瞳を覗き込んだ。

そこにあったのは、以前より深みを増した優しい笑みだ。不安はない。

よかった。大丈夫や。

「な、市村。無理せんでええんや」

「無理て？」

「俺の前では、不安なことも怖いことも、我慢せんでええ。おまえはカッコ悪いて言うたけど、全然そんなことない。不安なときがあるんは当然や。そういうときは、俺が力になるから」

訥々《とつとつ》と、しかし想いを込めて言葉を綴《つづ》ると、市村は泣き笑いの表情を浮かべた。

返事をせず、ただじっと見つめてくる彼に、開士は眉を寄せる。

「わかったか？」

「……ん、わかった。ありがと」

しっかり頷いた市村にほっと息をつくと、長い指で髪を梳《す》かれる。

心地好くてされるままになった開士は、今、自分がどういう状況にいるのかをようやく思い出してきた。

セックスの後、どうにかこうにか体を起こしてバスルームへ向かった。意外に力の強い市村が、体格の差をものともせず、それこそ姫に仕《つか》える従者のように甲斐甲斐《かいがい》しく世話を焼いてくれたおかげで、それほど苦労せずに体を清めることができた。市村の服を借りて着替えた後、部屋に戻ってくると、汚れていたシーツはいつのまにか取り替えられていた。清潔なベッドに再び横になった途端、どっと疲れが押し寄せてきて、そのまま眠ってしまったのだ。

後ろは痺《しび》れたように熱いままだし、まだ中に何かが入っているような違和感もある。体の節々《ふしぶし》が痛む上、全身が重くてだるい。けれど。

めちゃめちゃ気持ちよかった……。

それが正直な感想だった。またしたいと思う。できれば何度でも。

市村を見上げると、うん？　という風に彼は首を傾《かし》げる。

「またしよな」

市村以外には誰もいなかったが、大きな声で言うのは何となく憚《はばか》られ、開士は小声で囁いた。

一瞬、目を見開いた市村は、しかしすぐに破顔《はがん》する。

「ああ、しよう」

しっかり頷いてくれたことに安堵《あんど》して、開士も笑った。

市村も俺とするん気持ちよかったんや。

改めて実感して嬉しくなる。

「佐山、喉《のど》渇いてへんか？」

「あー、そういや渇いてるかも」

「水飲むか」

うんと頷いて起こそうとした上半身を、市村がすかさず支えてくれた。楽な姿勢がとれるように、背中にクッションを置いてくれる。

ありがとうと礼を言うと、市村は首を横に振った。

「俺のせいやからな。礼なんか言わんでええ」

さらりと言ってのけ、ベッドヘッドに置いてあったミネラルウォーターをグラスに注《そそ》ぐ。

やっぱりカッコエエな、市村……！

ぐ、と布団の中で拳《こぶし》を握りしめていると、グラスが差し出された。ありがとうと受け取ると同時に激しい喉の渇きを覚えて、一息に水をあおる。

ビールを飲み干した中年男性のように、ぷはー、と息を吐いてしまってから、開士はハッとした。

初めてのセックスの後に、ぷはーて！

余韻《よいん》も色気もあったものではない。

「えーと、今何時？」

ごまかすように尋ねると、市村は楽しげに笑った。

「七時半や」

「もうそんななってんのか……」

言われてみれば、窓にはカーテンが引かれており、天井の照明もついている。すっかり夜だ。

「今日は泊まってけ。動くん辛《つら》いやろ」

グラスを受け取ってくれた市村に、そうさしてもらうわ、と頷きかけた開士は、次の瞬間、
あ！　と大きな声をあげた。

「市村、試験前やないか！　うわ、ごめん！」

慌ててベッドから降りようとしたものの、やんわりと押し戻される。

「一晩ぐらい勉強せんかっても、どうっちゅうことない」

「けど」

反論しかけた唇に、市村の唇が重なった。

突然の出来事に目を白黒させていると、優しく吸われる。

「大丈夫や」

離れた唇が、低く響く声で囁いた。鼻先が触れ合うほど近くにある端整な面立ちに、蕩《とろ》けるような甘い笑みが広がる。

自分だけに向けられる特別な笑みに、開士はみるみるうちに己《おのれ》の頬が熱くなるのを感じた。

もっと恥ずかしいことといっぱいしたのに、何でこれぐらいで赤《あか》なるんや……。

情欲云々《うんぬん》以前に、市村の王子様的な立ち居振る舞いがツボなのだと思い知る。

そういえば子供の頃、姉が持っている童話の絵本を読むのが好きだった。彼女の目を盗んでは、一人本を開いた。飽きずに眺めるのは決まって、王子様が出てくるページだった。自分もこんな風になりたい、というのとは少し違う。カッコエエなあ、と純粋な憧《あこが》れを抱《いだ》いていたように思う。

つまり、市村は最初から開士のストライクゾーンど真ん中だったのだ。

恥ずかしいな、俺……。

幼い頃から変わっていない嗜好《しこう》に今更気付いて、ますます赤くなっていると、佐山、と優しい声が呼んだ。

「うちの人に連絡しといた方がええやろ。携帯とろか？」

「あ、うん。上着のポケットに入ってるから取ってくれ」

わかった、と頷いた市村は、ごく自然な仕種《しぐさ》で開士の目許《めもと》にキスをした。かと思うと優雅に立ち上がり、きちんとハンガーにかけられていた上着に歩み寄る。

ほんまにいちいちカッコエエ！

またしても拳を握りしめて感動していると、あれ、と市村が声をあげた。

「校章も入ってたぞ」

携帯電話と共に小さな金属の塊《かたまり》を渡されて、あ、と開士も声をあげる。そういえば昼間、市村の家を訪《おとず》れたのは校章を渡すためだったのだ。

「はい、市村」

携帯電話は手元に残し、校章を市村に差し出す。

市村はゆっくり瞬《まばた》きをした。

「くれるんか？」

「好きなコにあげるんが、うちの高校の習慣やろ。せやから」

ん、と尚も差し出すと、市村は姫君から宝石を賜《たまわ》る騎士のように恭《うやうや》しく手を開いた。

長い指を備えた掌《てのひら》に、小さな校章が転がる。

市村は校章を握りしめ、大きな息を吐いた。

「ありがとう、嬉しい。佐山、卒業式の後校章してへんかったから、誰かにあげたんか思《おも》た」

「そんなわけないやろ。断るんが大変やったからはずしただけや」

「そうか、よかった。ちょっと待っててくれ」

再びベッドから離れた市村は、学習机に歩み寄った。迷うことなく一番上の引き出しを開け、校章を取り出す。

俺と同じとこに入れといたんや。

些細《ささい》な共通点にくすぐったい気分になっていると、はい、と校章が差し出された。

広げた掌の上に、そっと金属の塊が置かれる。

「俺も佐山に渡そう思て、はずしといたんや」

「そか。ありがと」

自分のために取っておいてくれたことがたまらなく嬉しくて、校章を指先で優しく撫でる。

すると、市村が微笑む気配がした。

「かわいいなあ、佐山」

思わず、といった感じでこぼれたつぶやきに、開士は一瞬、固まった。

視界の端に、市村に借りたトレーナーの袖《そで》が足りなくて、にゅ、と飛び出た己の手首が映る。骨っぽいそれは、間違いなく逞《たくま》しい男のものだ。

——まあでも、市村がカワイイて思うんやったら、そんでええ。

肩の力を抜き、すぐ側《そば》に腰を下ろした市村を横目で見遣《みや》る。

愛しげに見つめ返され、懲《こ》りもせず赤面した開士は、本心をそのまま唇に乗せた。

「おまえはカッコエエよ、市村」


後期試験の合格発表の日は、曇《くも》り空だった前期試験の発表の日とは異なり、朝からよく晴れた。惜しみなく降り注《そそ》ぐ暖かい陽光は、すっかり春のそれだ。

青く晴れ渡った空を見上げた開士は、あ、と声をあげた。

「市村、見てみ。あそこ桜咲いてる」

指さした先にあるのは、道路の脇《わき》に植えられた桜の枝だ。端の方に二輪ほど、薄紅色《うすべにいろ》の花が慎《つつ》ましやかに咲いている。

隣を歩いていた市村も、眩《まぶ》しげに桜を見上げた。

「ほんまや、咲いてるな。こんなあったかかったら、すぐ満開になりそうや」

「花見行こな、花見！」

「ああ、行こう。どこがええか調べとくわ」

市村は穏やかに応じてくれる。

必要以上に賑《にぎ》やかな振る舞いをしている自覚はあったが、どうしようもない。

あと十分ほどで、市村がどこの大学へ行くかが決まるのだ。

周囲にもちらほら、受験生らしき姿が見えた。ほとんどが私服なので、一見すると大学生のように見えるが、ひきつった緊張の面持《おもも》ちから受験生だとわかる。

同じ大学へ行けなくても、もちろん気持ちは変わらない。初めて抱き合ってから今日まで、短いメールや電話のやりとりしかしなかったが、今まで感じてきた不安はなかった。体をつなげたことで、心の深いところまで結びついている確信を得られたからかもしれない。

とはいえ、会えなくて寂しい気持ちは以前と同じだった。だからやはり、行けるものなら同じ大学へ行きたいと思ってしまう。

既に何度か目にした石造りの門が見えてきて、開士はごくりと息を飲んだ。

市村のがずっと緊張してるはずやのに、俺がこんなに緊張してどないすんねん。

横を歩く市村を、そろりと見下ろす。

眩しいほど明るい陽光に照らされた横顔は、落ち着いた表情のせいか、一枚の絵のように美しかった。こげ茶色の髪と白い肌が柔らかな光を放ち、品のある容貌《ようぼう》を際立《きわだ》たせている。

きれいやなあ、としみじみ思う。

「佐山」

門を抜けたところでふいに呼ばれて、はい、と開士は慌てて返事をした。ぼんやり見惚《みと》れている場合ではなかった。

前を向いていた市村が、ちらりとこちらを見上げる。

「試験のとき、おまえがくれた校章、お守りの中に入れて持ってったて言うたやろ」

「あ、うん」

そのことは、試験が終わった日に市村がかけてくれた電話で聞いた。

前期試験よりできたんは、佐山の校章のおかげや。

そう言って照れたように笑った。

「今日も校章入りのお守り持ってきてん。せやから大丈夫やと思う」

しっかりした口調で言って、市村は立ち止まった。開士もつられて足を止める。

あと少し行けば、試験の結果が貼り出される掲示板の前だ。そこには既に大勢の受験生や在校生が集まっており、ざわめきが伝わってくる。

一度掲示板へ視線を投げた市村は、再び開士に向き直った。

まっすぐに見上げてくる眼差しは力強い。

「ここで待っててくれ」

真剣な声音に、開士は声もなく頷いた。

ん、と頷き返した市村は、ゆっくり踵《きびす》を返した。一歩一歩、地面を踏みしめるように掲示板の方へ歩いていく。やがて彼の姿は人ごみにまぎれ、視界から消えた。

何か吐きそう……。

前期の合格発表のときも緊張したけれど、今はそれ以上に緊張している気がする。

心臓が鳴りすぎて痛くて、胸の辺りのシャツを握りしめていると、わあ、と歓声が上がった。

ギクリと全身が強張《こわば》る。結果が貼り出されたようだ。

ラグビーのユニフォームを着た屈強《くっきょう》な男たちに、小柄な男が胴上《どうあ》げされているのが見えた。

バンザーイ、バンザーイ、おめでとー、おめでとー、とくり返す声も聞こえてくる。歓喜の悲鳴があがる一方で、肩を落としてとぼとぼと去っていく者もいる。

市村はどうやった。

とてもじっとしていられなくて、自分も見に行こうと足を踏み出したそのとき、人だまりの中から男が一人、飛び出してきた。スラリとした体格から、すぐ市村だとわかる。

「市村！」

思わず呼んだ開士は、矢も盾もたまらず駆け出した。

まっすぐこちらに走ってくる市村は、全開で笑っている。

「合格や！」

輝くような笑顔に、やった！　と開士は叫んだ。駆けてきた勢いのまま市村に飛びつく。

市村は少しもよろめくことなく、しっかり受け止めてくれた。

「おめでとう市村！　よかった、ほんまによかった……！」

よかったな、と市村に声をかけるべきなのに、同じ大学へ通えることになった歓喜《かんき》と安堵《あんど》のあまり、よかったという自分の感想しか出てこない。

しかし市村は全く気にしなかったようだ。それどころかさも嬉しそうに笑って背中を摩《さす》ってくれる。

「そんなに俺と離れたなかったんか？」

「当たり前やろ」

「そうか。俺もや」

さらりと言われて、開士は一瞬、言葉につまった。

市村のかっこよさが、歓喜を倍増させる。

内に留《とど》めておくには大きくなりすぎたそれを、開士は叫ぶことで外へ放った。

「あー！　もー！」

本当は、好きやー！　と続けて叫びたかったが、場所が場所なので、どうにか堪《こら》える。かわりに、市村を抱きしめる腕にぎゅっと力をこめた。

するど市村も、同じだけの力で抱きしめ返してくれる。

ああ、幸せや。幸せすぎる。

ほう、と思わずため息を漏らした開士は、ハタと我に返った。

ここ、大学の構内や。こんな公衆の面前で抱き合《お》うたらあかんやろ。

「ごめん！」

慌てて離れようとしたものの、強い力で引き戻された。

「大丈夫や。他にも抱き合《お》うてる奴おるやろ」

悪戯《いたずら》っぽい物言いに促《うなが》されて周囲を見まわすと、確かに男同士で抱き合っている者もいた。中には、肩を組んで号泣《ごうきゅう》している者もいる。

「もうちょっとだけ、このままでいよう」

甘い囁きが聞こえると同時に、市村の腕に力がこもった。

開士に拒絶する理由などない。赤面しつつ、市村の背中に再び腕をまわす。

この先、開士も不安になることがあるだろう。怖いこともあるかもしれない。そんなときはきっと、以前より少し強くなった市村が守ってくれる。助けてくれる。

そしてやはり以前より少し強くなった開士は、市村に守られるだけでなく、守っていこうと決めた。

一人ぐらい、王子様を守る逞しい姫がおってもええやろ。

「これからもよろしくな」

わずかに顔をうつむけ、形の良い耳に囁く。

こっちこそ、と短く応じた市村は、開士の広い背を優しく撫でた。

間を置かず、かみしめるように紡《つむ》がれた言葉に、開士は市村への愛しさが全身を満たすのを感じた。

「佐山を好きになって、佐山に好きになってもらえて、俺は幸せや」

あとがき

久我有加

お楽しみいただけましたでしょうか。

お楽しみいただけたなら、幸《さいわ》いです。

本書は、一見すると美しい王子様、でも中身はちょっとヘタレなところもある攻と、一見すると逞《たくま》しかっこよく逞しい騎士、でも中身は乙女なオトコマエ受の物語です。

見た目と受攻が逆のカップルは、私がボーイズラブの世界を知ってから密《ひそ》かに持ち続けていたモエなのでした。恐らく少数派であろうモエを、こうして物語にすることができて、とても嬉しいです。

読んでくださった方に、少しでも気に入っていただけることを祈っています。


ところで、わたくし久我《くが》、今年の四月でデビュー丸十年になりました。

デビューの知らせをいただいたときのことは、今もはっきりと覚えています。

夕飯を食べ終わり、ぼー、とテレビを見ていたところへ、ディアプラス・チャレンジスクールへの投稿作だった『春の声』の掲載《けいさい》決定を告げる電話がかかってきました。テンションが上がりすぎたせいでしょう、受話器を置いた後、衝動的《しょうどうてき》にでんぐり返りをし、勢いあまって肘《ひじ》を壁にぶつけてしまいました。いろいろな意味で若かったなあと思います……。

今日《こんにち》の久我有加があるのは、応援してくださる皆様のおかげです。本当にありがとうございます。十年前とは変わったモエもあれば、変わらぬモエもあります。しかしモエ自体は尽《つ》きず、そのモエを原動力に書いたものを読んでいただけることに、ただただ感謝の毎日です。これからも初心を忘れず、がんばりますので、どうぞよろしくお願いいたします。


最後になりましたが、お世話になった皆様方に感謝申し上げます。

編集部の皆様はじめ、本書に携《たずさ》わってくださった全《すべ》ての皆様。ありがとうございます。特に担当様にはデビュー当時から大変お世話になり、感謝しております。これからも精進《しょうじん》いたしますので、よろしくお願いいたします。

山中《やまなか》ヒコ先生。お忙しい中、素敵なイラストを描いてくださり、ありがとうございました。開士《かいし》も市村《いちむら》もイメージそのままで、とても嬉しかったです。山中先生の絵で王子様攻をぜひ見たい！　という個人的なモエを満たしていただけて至福《しふく》でした。

支えてくれた家族。ほんまにありがとう。

そして、この本を手にとってくださった皆様。心より感謝申し上げます。貴重なお時間をさいて読んでくださり、ありがとうございました。もしよろしければ、一言だけでもご感想をちょうだいできると嬉しいです。

なお、一部に二月発売と告知が出ていた『青空へ飛べ』ですが、二〇一一年の春に刊行していただくことになりました。楽しみにしてくださっていた方がおられましたら、申し訳ありません。どうぞ今しばらくお待ちくださいませ。

それでは皆様、お元気で。

二〇一〇年五月　久我有加

D E A R + N O V E L

いつかお姫様が《いつかおひめさまが》

この本を読んでのご意見、ご感想などをお寄せください。
久我有加先生・山中ヒコ先生へのはげましのおたよりもお待ちしております。
〒113-0024　東京都文京区西片2-19-18　新書館
[編集部へのご意見・ご感想] ディアプラス編集部「いつかお姫様が」係
[先生方へのおたより] ディアプラス編集部気付　○○先生

初　出
いつかお姫様が：小説DEAR+ 09年フユ号（Vol.32）
白雪王子：書き下ろし

新書館ディアプラス文庫

著者：**久我有加** [くが・ありか]
初版発行：**2010年 6 月25日**

発行所：**株式会社新書館**
[編集] 〒113-0024　東京都文京区西片 2-19-18　電話(03)3811-2631
[営業] 〒174-0043　東京都板橋区坂下 1-22-14　電話(03)5970-3840
[URL] http://www.shinshokan.co.jp/
印刷・製本：**図書印刷株式会社**

定価はカバーに表示してあります。乱丁・落丁本はお取替えいたします。
ISBN978-4-403-52242-0

S H I N S H O K A N

身体から始まる
お笑いコンビってどないやねん。

久我有加のディアプラス文庫

月も星もない

月も星もない2 月よ笑ってくれ

イラスト／金ひかる
定価:588円

突然、相方からコンビ解消を告げられた温《はる》。絶望的な気持ちで街をさまよっていたところ、やはり同じ日にコンビ解消を言い渡された秀永《ひでなが》と遭遇《そうぐう》する。共に売れない芸人同士。傷を舐《な》めあうかのように、勢いで身体を重ねてしまう。翌朝、「おまえの初めての男になった責任をとりたい」と秀永が言い出し、二人はコンビを組んでみることになるが!?　芸人シリーズ第二弾!!

「どっちにしても俺のもの」（イラスト/夏目イサク）「不実な男」（イラスト/富士山ひょうた）
「簡単で散漫なキス」（イラスト/高久尚子）「恋は愚かというけれど」（イラスト/RURU）
「君を抱いて昼夜に恋す」（イラスト/麻々原絵里依）

■ディアプラス・コミックス（定価:580円）■
「カッコ悪くてカッコイイ君」「隣人はドアを叩く」（原作/久我有加）（マンガ/麻生 海）

■ウィングス・コミックス（定価:577円）■
「サムライと私」（マンガ／川添真理子・原作／久我有加）

「海馬が耳から駆けてゆく 全5巻」カット:南野ましろ・加倉井ミサイル(②のみ)

清家あきら
Akira SEIKE
「〈運び屋〉リアン&クリス 天国になんか行かない」イラスト:山田睦月

(鷹守諫也 改め)
たかもり諫也
Isaya TAKAMORI
「Tears Roll Down 全6巻」イラスト:影木栄貴
「百年の満月 全4巻」イラスト:黒井貴也

津守時生
Tokio TSUMORI
「三千世界の鴉を殺し①〜⑮」
①〜⑧イラスト:古張乃莉(①〜③は藍川さとる名義) ⑨〜⑮イラスト:麻々原絵里依

前田 栄
Sakae MAEDA
「リアルゲーム」イラスト:麻々原絵里依
「リアルゲーム② シミュレーションゲーム」
「ディアスポラ 全6巻」イラスト:金ひかる
「結晶物語 全4巻」イラスト:前田とも
「死が二人を分かつまで 全4巻」イラスト:ねぎしきょうこ
「THE DAY Waltz 全3巻」イラスト:金色スイス
「天涯のパシュルーナ①②」イラスト:THORES柴本

前田珠子
Tamako MAEDA
「美しいキラル①〜④」イラスト:なるしまゆり

麻城ゆう
Yu MAKI
「特捜司法官S-A 全2巻」イラスト:道原かつみ
「新・特捜司法官S-A 全10巻」イラスト:道原かつみ
「月光界秘譚① 風舟の傭兵」イラスト:道原かつみ
「月光界秘譚② 太陽の城」
「月光界秘譚③ 滅びの道標」
「月光界秘譚④ いにしえの残照」
「月光界・逢魔が時の聖地 全3巻」イラスト:道原かつみ

松殿理央
Rio MATSUDONO
「美貌の魔都 月徳貴人 上・下巻」イラスト:橘 皆無
「美貌の魔都・香神狩り」

真瀬もと
Moto MANASE
「シャーロキアン・クロニクル① エキセントリック・ゲーム」イラスト:山田睦月
「シャーロキアン・クロニクル② ファントム・ルート」
「シャーロキアン・クロニクル③ アサシン」
「シャーロキアン・クロニクル④ スリーピング・ビューティ」
「シャーロキアン・クロニクル⑤ ゲーム・オブ・チャンス」
「シャーロキアン・クロニクル⑥ コンフィデンシャル・パートナー」
「廻想庭園 全4巻」イラスト:祐天慈あこ
「帝都・闇烏の事件簿 全3巻」イラスト:夏乃あゆみ

三浦しをん
Shion MIURA
「妄想炸裂」イラスト:羽海野チカ

ももちまゆ
Mayu MOMOCHI
「妖玄坂不動さん〜妖怪物件ございます〜」イラスト:鮎味

結城 惺
Sei YUKI
「MIND SCREEN①〜⑥」イラスト:おおや和美

和泉統子
Noriko WAIZUMI
「姫君返上!」イラスト:かわいい千草
「姫君返上! —運命を試す者—」

＜ディアプラス小説大賞＞
募集中！

トップ賞は必ず掲載!!

賞と賞金

大賞・30万円
佳作・10万円

内容

ボーイズラブをテーマとした、ストーリー中心のエンターテインメント小説。ただし、商業誌未発表の作品に限ります。

・第四次選考通過以上の希望者には批評文をお送りしています。詳しくは発表号をご覧ください。なお応募作品の出版権、上映などの諸権利が生じた場合その優先権は新書館が所持いたします。
・応募封筒の裏に、**【タイトル、ページ数、ペンネーム、住所、氏名、年齢、性別、電話番号、作品のテーマ、投稿歴、好きな作家、学校名または勤務先】**を明記した紙を貼って送ってください。

ページ数

400字詰め原稿用紙100枚以内（鉛筆書きは不可）。ワープロ原稿の場合は一枚20字×20行のタテ書きでお願いします。原稿にはノンブル（通し番号）をふり、右上をひもなどでとじてください。なお原稿には作品のあらすじを400字以内で必ず添付してください。

小説の応募作品は返却いたしません。必要な方はコピーをとってください。

しめきり

年2回　1月31日/7月31日（必着）

発表

1月31日締切分…小説ディアプラス・ナツ号（6月20日発売）誌上
7月31日締切分…小説ディアプラス・フユ号（12月20日発売）誌上
※各回のトップ賞作品は、発表号の翌号の小説ディアプラスに必ず掲載いたします。

あて先

〒113-0024　東京都文京区西片2-19-18
株式会社 新書館
ディアプラス チャレンジスクール〈小説部門〉係